I0736799

flitterwochen zu viert

CHRIS KENISTON

Indie House Publishing

KAPITEL 1

„Was du wirklich brauchst, ist ein Mann."

Wenn Angie Cannon jedes Mal, wenn ihre Freundin Pam den Satz sagte, einen Dollar bekommen hätte, wäre sie inzwischen in der Lage gewesen, sich sämtliche Häuser ihres Straßenzugs zu leisten. „Ich weiß, dass du und Gil so glücklich seid wie der sprichwörtliche Fisch im Wasser, aber ich löse meine Probleme lieber selbst. Ein Mann ist nicht die Antwort."

„Könnte er aber sein, wenn du den richtigen findest." Wenn es jemanden gab, den man auf dem Gebiet als Expertin hätte bezeichnen können, dann wäre das Pam gewesen. Die große, attraktive und immer farbenfroh angezogene rothaarige Schönheit hatte vor zwei Jahren ihre erste große Liebe, die gleichzeitig ihr erster Ehemann gewesen war, zum zweiten Mal geheiratet. Dazwischen hatte sie drei weitere Ehemänner und einen Verlobten gehabt, bevor sie schließlich ihr Glück fand.

„Was ich brauche, ist ein Mitbewohner. Das würde zumindest gegen die überraschenden Kosten helfen, die ständig anfallen." Nachdem ihre Spülmaschine im letzten kalten Winter vollkommen unerwartet den Geist aufgegeben hatte, hatte sie lange das Geschirr per Hand gespült, bis sie bereit gewesen war, den Preis für eine neue, sehr leise Maschine zu bezahlen. Damit zu warten, bis sie wieder genug Geld auf dem Konto hatte, um den Boiler zu ersetzen, war allerdings keine Option. Sie würde niemals ein Fan von kalten Duschen werden.

„Zu schade, dass ich keine Schwester habe. Dann könnte ich es wie die Ummarinos nebenan machen."

Pam zuckte mit den Schultern. „Du und deine Mom scheinen ziemlich viel Zeit miteinander zu verbringen, vor allem seit dein Dad gestorben ist. Ihr kommt besser miteinander klar als jedes andere Mutter-Tochter-Gespann, das ich kenne."

„Was wirklich nicht schwer ist. Mom war immer schon auch meine Freundin."

„Ich weiß. Und normalerweise würde ich niemals vorschlagen, dass deine Mutter bei dir einzieht, weil das deinem Lebensstil nicht zuträglich wäre; aber seit ich dich kenne, scheint das Aufregendste an diesem Lebensstil zu sein, lange aufzubleiben, um dir mit einer riesigen Schüssel gebuttertem Popcorn einen deiner Lieblingsfilme anzusehen. Würde deine Mom hier leben, hättest du zumindest jemanden, mit dem du dich unterhalten kannst."

Angie schüttelte den Kopf. „Das habe ich ihr schon mal angeboten, kurz nachdem Dad gestorben war. Sie wollte aber nichts davon hören." Abgesehen davon – was sie Pam jedoch garantiert nicht auf die Nase binden würde – klangen ihre Mutter und sie wie eine Schallplatte mit Sprung, wenn sie in eine Diskussion darüber gerieten, dass Angie mehr ausgehen, sich häufiger mit Leuten treffen, weniger arbeiten und überhaupt nicht so tun sollte, als wäre sie mit ihrem Job verheiratet. Obwohl sie selbst immer überzeugt gewesen war, dass ein Aufstieg auf der Karriereleiter wichtig war, um sich fürs Alter abzusichern. Sie hatte einfach nicht daran gedacht, wie schnell die Jahre vergehen würden oder wie viel schwieriger es mit jedem dieser Jahre werden würde, den perfekten Mann zu finden – falls es den überhaupt gab.

Die Klingel läutete im selben Moment, in dem der Türknauf gedreht und die schwere Haustür aus Holz aufgerissen wurde.

„Ich habe mit Onkel Tony geredet. Er ist bereit, dir den Familienrabatt zu geben. Es gibt wahrscheinlich nur einen winzigen Haken." Mina blieb abrupt stehen. Sie war Angies Nachbarin und die älteste der drei Schwestern, die das Haus nebenan gekauft hatten, das früher ihrer Freundin Michelle gehört hatte. „Oh, tut mir leid. Ich hätte nicht einfach reinplatzen sollen."

„Kein Problem, ich wusste ja, dass du zurückkommen würdest." Angie tat die Verlegenheit ihrer Nachbarin mit einer wegwerfenden Geste ab und deutete auf Pam. „Du erinnerst dich vielleicht an meine Freundin Pam."

„Klar." Mina streckte die Hand aus. „Dein Mann hat Angie geholfen, die Weihnachtsbeleuchtung anzubringen."

Pam nickte grinsend. „Nur *eine* Sache, in der er gut ist."

Angie hinderte sich in letzter Sekunde daran, den Kopf zu schütteln, verdrehte aber dennoch kurz die Augen.

Mina auf der anderen Seite schien Pams Anspielung kein bisschen aus dem Konzept zu bringen. „Was die anderen Dinge angeht, kann ich mir kein Urteil erlauben; aber selbst mein Vater war mit der Arbeit deines Mannes zufrieden. Und glaub mir, wenn ich sage, dass Vito Ummarino nicht gerade mit Komplimenten um sich schmeißt." Mina warf in einer übertriebenen Geste die Hand nach oben. „Außer natürlich, man kommt aus Italien, dann kann man absolut nichts falsch machen."

„Wo wir gerade davon sprechen", Pam hielt den riesigen Hummerkochtopf hoch und ging damit an Angie und ihrer Nachbarin vorbei, „ich sollte langsam zusehen, dass ich loskomme. Als ich zu Hause weg bin, haben mein Mann und seine Kumpel schon Hummerrennen veranstaltet. Wahrscheinlich sind sie inzwischen auf halbem Weg nach Nebraska."

„Lasst es euch schmecken." Angie umarmte ihre Freundin zum Abschied und schloss leise die Tür hinter ihr.

Mina hielt ihr ein Blatt Papier hin. „Das Schöne an einer großen italienischen Familie ist, dass es immer jemanden gibt, der Dinge reparieren kann. Leider hängen andererseits auch dann immer Verwandte bei einem rum, wenn nichts kaputt ist."

„Vielen Dank. Ich habe mich so darauf konzentriert, das Haus vorzeitig abzuzahlen, dass ich nicht genug Geld für mehrere aufeinanderfolgende Pannen zurückgelegt habe."

„Hm." Mina biss sich auf die Unterlippe. „Ich sollte dich allerdings warnen."

Angie sah von dem Blatt Papier in ihrer Hand auf.

„Onkel Vito ist ein sehr guter Klempner. Für ihn ist Angela ein italienischer Name, wodurch du für seine Begriffe zur Familie zählst."

„Ich habe das Gefühl, das gleich ein ,Aber' folgt."

„Eher eine kleine Vorwarnung. Mein Cousin Giovanni ist Single und glücklich damit, aber mein Onkel Vito glaubt nicht an so was wie glückliche Singles. Deswegen wird er vielleicht einen kleinen … Verkupplungsversuch starten."

„Wie klein?"

Mina zuckte mit den Schultern. „Könnte so ziemlich alles sein von meinen Cousin, den Buchhalter, dazu überreden, seinem Vater bei der Installation des Boilers zu helfen, bis hin zu einer Einladung zum Sonntagsessen."

„Das klingt doch gar nicht so schlimm." Trotzdem machte sie Minas Gesichtsausdruck nervös.

„Erinnerst du dich an den Film *My Big Fat Greek Wedding*?"

„Tut das nicht so ziemlich jeder?"

„Na ja", Mina zuckte wieder mit den Schultern, „das ist quasi meine Familie, nur dass wir Italiener sind. Wenn es dir nichts ausmacht, dass sie es sich ab und zu in deinem Leben bequem machen, und du die Tatsache ignorieren kannst, dass alle neugierig sind und ständig auf dich einreden werden. Der Rabatt sollte es auf jeden Fall wert sein."

„Klingt nach einem Plan. Danke noch mal."

„Jederzeit gerne. Und falls du später noch nichts vorhast – meine Mom bringt überbackene Ziti vorbei. Offensichtlich ist sie der Ansicht, dass sie keiner von uns dreien das Kochen beigebracht hat; und sie macht immer genug, um ein ganzes Marine-Bataillon zu versorgen. Wir hätten auf jeden Fall nichts dagegen, die Kalorien mit jemandem zu teilen."

Angie kicherte. Sie bezweifelte, dass die drei Schwestern auch nur den blassesten Schimmer hatten, was italienisches Essen den Hüften einer Frau über dreißig antun konnte. Andererseits könnte, abhängig vom Ergebnis von Onkel Vitos und Cousin Giovannis Arbeit, ein wenig Hausmannskost zum Abendessen vielleicht hilfreich sein. „Ich gebe dir Bescheid."

Mina verschwand mit einem Winken durch die Tür und überquerte im Laufschritt den Rasen, als der Klingelton zu hören war, den Angie in ihren Kontakten ihrer Mutter zugeordnet hatte.

„Hi Mom."

„Hey mein Schatz. Wie ist dein Tag?"

„Der Boiler hat den Geist aufgegeben."

„Oh nein. Immerhin bist du jetzt damit durch."

„Damit durch?"

„Es heißt, dass Unglück immer im Dreierpack auftritt. Erst deine Spülmaschine, dann der Ersatzreifen und jetzt der Boiler. Damit müsste deine Pechsträhne vorbei sein. Den Rest des Jahres sollte es keine Probleme mehr geben."

Natürlich musste ihre Mutter sie an den Vorfall mit dem Auto erinnern. Angie hatte neulich einen Reifen ihres Wagens platt wie einen Pfannkuchen vorgefunden und bald darauf feststellen müssen, dass der Ersatzreifen keine Hilfe darstellte. Beide Reifen hatten ersetzt werden müssen. Hoffentlich behielt ihre Mom recht damit, dass sich Angie nun wenigstens den Rest des Jahres keine Sorgen mehr um irgendwas machen musste.

„Und was ist bei dir so los?"

„Na ja", ihre Mutter klang jetzt fröhlicher, „ich habe mich für eine Veränderung entschieden."

Angie war sich nicht sicher, ob ihr gefallen würde, was als Nächstes kam. „Ach ja? Was für eine Veränderung?"

„Ich mache Urlaub."

Erleichterung durchströmte sie. So lange Angie denken konnte, hielt jeder Julia Cannon für eine liebenswerte und warmherzige Frau. Für Angie war ihre Mutter ihre beste Freundin, ihre Cheerleaderin Nummer eins und immer die Schulter gewesen, an der sie sich ausweinen konnte, wenn das Leben mal wieder nicht ganz fair schien. Alles, was am Leben gut war und Spaß machte, hatte Angie von ihrer Mutter gelernt. Abgesehen davon, dass Julia seit dem Tod von Angies Vater in gewisser Weise zur Stubenhockerin geworden war. In den letzten Wochen hatte sie sich merkwürdig verhalten. Sie war weniger gesprächig und beschäftigter als sonst gewesen. Nicht, dass das schlimm wäre. Angie wollte, dass ihre Mutter ein erfülltes Leben hatte, dennoch konnte sie einfach nicht anders, als sich immer ein wenig Sorgen um sie zu machen. Von den wenigen engen Freundinnen, die ihre Mutter hatte, war nur eine unverheiratet und konnte sie möglicherweise in den Urlaub begleiten.

„Wie schön. Und mit wem verreist du? Mit Mabel aus deiner Canasta-Runde?"

„Nein." Als ihre Mom daraufhin einige Sekunden schwieg, kehrte das nervöse Gefühl in Angies Magen zurück. „Ich mache eine Kreuzfahrt."

„Allein?"

Ihre Mom räusperte sich. „Nein."

Angies ungutes Gefühl nahm zu, während sie darauf wartete, dass ihre Mutter den Rest ausspuckte.

„Ich werde heiraten."

Eine weitere Stunde an seinem Schreibtisch, und Devon Miller war überzeugt, dass er dauerhaft schielen würde.

„Wenn du eine Frau und eine Familie hättest, würdest du nicht so viel arbeiten." Sein Dad, der in der Tür stand, stieß ein leises Seufzen aus. „Im Ernst, es ist lange nach Feierabend. Du solltest wirklich Schluss machen."

Für Dev war Raymond Miller der perfekte Vater gewesen. Trotz seiner Unternehmenskarriere, bei der er stets unter Druck gestanden hatte, war er bei jeder Sportveranstaltung und jeder Schulaufführung dabei gewesen, hatte täglich seine Hausaufgaben kontrolliert, an sämtlichen Vater-Sohn-Camping- und Pfadfinder-Ausflügen und vielen anderen Aktivitäten nach der Schule teilgenommen. Er hatte Devon all die Unterstützung gegeben, die er brauchte, um das College und seinen MBA zu schaffen. Sowohl seine Mutter als auch sein Vater hatten dafür gesorgt, dass seine Kindheitserinnerungen allesamt an verdammt idyllisch grenzten. Leider war Raymond Miller als Rentner ein kleiner Nörgler geworden.

„Schön dich zu sehen, Dad." Dev löste die Finger von der Mouse und klappte seinen Laptop zu. Die Uhr an der Wand verriet ihm, dass es halb acht und damit tatsächlich Zeit war, den Arbeitstag zu beenden. Sonst würde er wirklich anfangen zu schielen. „Du bist gerade noch pünktlich gekommen, um ein Steak zum *Abendessen* zu braten, das die Bezeichnung verdient und noch kein Mitternachtssnack ist."

„Ehrlich gesagt habe ich schon gegessen."

Dev warf einen weiteren Blick auf die Uhr, um sich zu vergewissern, dass er sich nicht vertan hatte. Sein Vater hatte schon immer eher spät zu Abend gegessen.

„Lass uns eine Runde spazieren gehen."

„Spazieren gehen?" Er und sein Vater unternahmen viel zusammen, aber Abendspaziergänge gehörten nicht dazu.

Dev stieß sich vom Schreibtisch ab und richtete sich zu seiner vollen Größe auf. Sein Verstand unternahm einen halbherzigen Versuch, sämtliche Möglichkeiten durchzugehen, warum sein Vater so ernst aussah und ein Spaziergang als Ablenkung erforderlich war, um Dev zu erzählen, worum es ging.

„Mach dir keine Sorgen." Kopfschüttelnd ging ihm sein Dad durch den Flur voraus.

„Was?" Es war ein langer Tag für Dev gewesen, aber normalerweise fiel es ihm trotzdem nicht so schwer, seinem Vater gedanklich zu folgen.

„Ich sterbe nicht oder so." Sein Vater bleib auf der Haustürschwelle stehen. „Ich möchte mich einfach nur mit dir unterhalten, ohne ständig vom Klingeln oder Vibrieren irgendwelcher elektronsicher Geräte gestört zu werden."

Trotz der beruhigenden Bemerkung über den Gesundheitszustands seines Vaters konnte sich Dev nicht entspannen. Der Ausdruck auf dem Gesicht seines Dads hätte jedem Sohn mit Augen im Kopf klar gemacht, dass es in dem folgenden Gespräch nicht darum gehen würde, wie er am besten Kalorien reduzieren konnte und dass er seinen Kaffee ab jetzt ohne Zucker trinken würde. Aber worum ging es dann?

Die Haustür fiel hinter ihnen ins Schloss, und sein Vater wartete, bis sie den Vorgarten hinter sich gelassen hatten, bevor er wieder das Wort ergriff. „Es ist lange her, dass deine Mutter gestorben ist."

Dev nickte. Er hatte gerade das College abgeschlossen, als seine Eltern ihm mitgeteilt hatten, dass seine Mutter eine Krebsdiagnose erhalten hatte. Sie hatten schon eine ganze Weile gewusst, dass es ein aussichtsloser Kampf war, aber nicht gewollt, dass Devs letztes College-Jahr oder seine Noten unter der Sorge um seine Mom litten. Schon damals hatte er bezweifelt, dass es die Reihe an Partys und anderen Eskapaden die verpassten Wochenenden mit seiner Mutter wert gewesen waren, aber mit der Zeit hatten die Schuldgefühle nachgelassen, und er hatte verstanden, dass ebendiese Schuldgefühle auf seiner Mutter gelastet hätten, wäre er an jedem Wochenende nach Hause gekommen, anstatt sein letztes College-Jahr zu genießen. Es hätte ohnehin nichts geändert. Wenigstens war ihm nach der Offenbarung seiner Eltern noch ein wenig Zeit mit seiner Mutter geblieben – wenn auch nicht genug.

„Und du weißt, dass ich in letzter Zeit häufiger im Seniorenzentrum bin."

Als ihm sein Vater, der sich eigentlich vehement weigerte, sich als alt zu betrachten, erzählt hatte, dass er seit ein paar Monaten ins Seniorenzentrum ging, hatte Dev vermutet, dass es etwas mit der Suche nach weiblicher Gesellschaft zu tun haben könnte. Eine plötzliche Erinnerung aus seinen Teenagerjahren an den ernsten Gesichtsausdruck seines Vaters und sein eigenes Bedürfnis, die Flucht zu ergreifen, als sie über das Erwachsenwerden im Allgemeinen und Mädchen im Besonderen gesprochen hatten, blitzte in seinen Gedanken auf. Und nun redeten sie wieder über die Bienchen und die Blümchen, nur dass es heute wahrscheinlich mehr um seinen Vater ging als um die Kontrolle der ausufernden Hormone eines Teenagers. Er hätte viel darauf gewettet, dass sein Vater jemanden suchte, mit dem er Zeit verbringen konnte. Vielleicht hatte er sie aber auch schon gefunden. Auf einmal ergab die ganze Sache mit dem Spazierengehen Sinn. Sein Vater hatte eine Freundin. Obwohl er das Dev genauso gut auf dem Sofa im Wohnzimmer hätte erzählen können.

„Sie bieten da jede Menge Aktivitäten und Unternehmungen an. Und man lernt neue Leute kennen."

Dev gab sein Bestes, nicht zu grinsen, während er den Versuchen seines Vaters lauschte, das Thema anzugehen. Er nickte nur und schwieg.

„Auch wenn es was anderes ist, als damals Dinge mit deiner Mom zu unternehmen."

Die Freude darüber, dass sein Dad jemanden gefunden hatte, fiel in sich zusammen wie ein Ballon, aus dem man die Luft herausließ.

„Vor ein paar Wochen habe ich mich auf einer dieser Online-Plattformen umgesehen."

„Online-Plattformen?" Guter Gott. Hatte sich sein Dad etwa auf einer Dating-Website angemeldet?

„Du weißt schon. So ein Portal, wo man Leute mit ähnlichen Interessen kennenlernen kann."

Jepp, Dev wusste schon. Vor einiger Zeit hatte ihn sein Freund Pete mit dem Argument, dass Dev viel zu jung sei, um so viel zu arbeiten und sich so wenig mit Frauen zu treffen, dazu überredet, eine dieser Dating-Apps auszuprobieren. Er hatte ein paar nette Frauen kennengelernt, wenn auch keine, die besonders sein Interesse geweckt hätte, und einige eher seltsame Dates waren auch darunter gewesen. Ihn beschlich ein ungutes Gefühl. Menschen im Alter seines Vaters mussten sich im World Wide Web vor Betrügern und Leuten in Acht nehmen, die lediglich hinter ihrem Geld her waren und nur auf einen freundlichen älteren Herrn warteten, den sie ausnehmen konnten.

„Ich habe jemanden kennengelernt."

Damit war es raus. Jetzt war die Frage, wie er unauffällig mehr über die neue Bekanntschaft herausbekam, ohne seinem Vater damit auf die Füße zu treten. „Dann magst du sie also?"

Die Miene seines Dads hellte sich auf, als er nickte. Es war lange her, dass Dev ihn auf diese Weise hatte lächeln sehen. Und plötzlich wurde Dev klar, wie viel hier gerade auf dem Spiel stand, und er betete, dass es sich bei der neuen Freundin tatsächlich um eine freundliche ältere Dame handelte, die selbst nach einem Partner suchte, und nicht um eine Frau, die ihn ausnehmen wollte.

Sein Dad schenkte ihm im Gehen ein Grinsen von der Seite. „Ich glaube, du wirst sie auch mögen."

„Großartig." Im Zweifel zu ihren Gunsten … Warum sollte er sich Sorgen machen, bevor es Anzeichen dafür gab, dass etwas nicht stimmte. „Wann lerne ich sie kennen?"

Sein Vater fuhr sich mit einer Hand in den Nacken. „Ähm … genau da liegt das Problem."

„Problem?" War das das erste Anzeichen? Diese Unterhaltung fühlte sich an wie eine Achterbahnfahrt, bei der er niemals wusste, wann die nächste Bemerkung aufs Neue sein Misstrauen auf den Plan rufen würde.

„Also … ich werde eine kleine Reise unternehmen."

Dev nickte wieder, während er auf die nächste große Offenbarung wartete. Immerhin ging er nicht davon aus, dass sein Vater vorhatte, die kleine Reise allein anzutreten.

„Eine Kreuzfahrt, um genau zu sein.“

„Kreuzfahrt?“ Eine interessante Urlaubswahl für einen Mann, der behauptete, keine Strände zu mögen.

Nun war es sein Dad, der nickte. Als sie die nächste Ecke erreichten, drehte er sich um, um zu Devs Haus zurückzugehen. „Ich hab schon fast alles fertig gepackt. Morgen fliege ich nach Florida. Das Schiff legt am Tag darauf ab.“

„Das ist ja schon ganz bald.“ Dev bemühte sich um Konzentration auf die Fakten. „Wie lange bist du unterwegs?“

„Zwei Wochen.“ Sein Dad sah stur geradeaus, die Lippen fest zusammengepresst, als würde es ihm auf einmal schwerfallen, die richtigen Worte zu finden.

Vielleicht sollte Dev ihm ein wenig helfen. „Und deine neue Bekannte begleitet dich?“

Die Anspannung in den Schultern seines Vaters schien ein wenig nachzulassen. „Um ehrlich zu sein, ja.“

Falls das überhaupt möglich war, schien Dev diese Unterhaltung mit seinem Dad noch merkwürdiger als das Gespräch, das sie geführt hatten, als er auf der Junior High gewesen war.

„Mir ist bewusst, dass wir uns noch nicht sehr lange kennen“, fuhr sein Vater fort, „aber in unserem Alter hat man keine Zeit zu verlieren, wenn man die richtige Partnerin gefunden hat.“

Dev hatte selbst einen Punkt in seinem Leben erreicht, an dem er verstand, dass er keine Zeit verschwenden wollte, aber irgendetwas stimmte nicht. „Wie lange kennst du sie schon?“

„Etwa zwei Wochen.“

„Zwei Wochen?" Dev klappte hastig den Mund zu, um seine Überraschung zu verbergen. Selbst wenn diese Person real war und keine Betrügerin, waren zwei Wochen nicht lang genug, um gemeinsam in den Sonnenuntergang zu segeln.

„Ich schätze, ohne diese neumodische Art, Videoanrufe zu führen, hätten wir uns nicht so schnell entschieden." Wieder fuhr sich sein Vater mit einer Hand in den Nacken. „Ich meine, um deine Mutter habe ich auch viel am Telefon geworben, aber diese Sache mit den Video-Calls ist etwas ganz anderes."

„Stimmt." Was sollte Dev sonst sagen? Zumindest war mit einem Gesicht zum Namen auszuschließen, dass es sich um einen Betrüger handelte. Und welches Recht hatte er, seinem Vater die gute Laune zu vermiesen? Was konnte ein kleiner Urlaub mit einer Frau schaden? Schließlich war es nicht so, als hätte Dev in der Vergangenheit nicht selbst oft recht schnell mit der ein oder anderen Frau angebandelt.

Zurück an der Haustür blieb sein Vater stehen, straffte die Schultern und reckte das Kinn, bevor er tief Luft holte und ein schwarzes Samtschmuckkästchen aus seiner Tasche holte. Mit zitternden Fingern klappte er es auf.

Der funkelnde Edelstein blendete Dev fast. Seine Mutter hätte so etwas nie getragen. Das Schmuckstück musste seinen Vater ein kleines Vermögen gekostet haben.

„Findest du nicht, dass es ein bisschen übertrieben ist, einer Frau, die du erst seit ein paar Wochen kennst, so einen Ring zu schenken?

„Diese Frau ist etwas Besonderes. Sie verdient das Beste."

Ein Punkt für die Goldgräberinnen-Theorie.

„Außerdem hat diese Reise", Raymond Miller räusperte sich, „äh … ein Motto."

„Du meinst so was wie ‚Die wilden Siebziger‘ oder ‚Der große Gatsby‘?"

Sein Vater klappte den Deckel der kleinen Schatulle zu und steckte sie zurück in seine Tasche. „Es ist eine Hochzeitskreuzfahrt."

KAPITEL 2

„Sie hat den Verstand verloren." Angie ging in Minas Küche auf und ab und starrte auf ihr Handy. „Zwei Wochen. Wer heiratet einen Mann, den man erst seit zwei Wochen kennt? Und das auch nur über Video-Calls."

„Na ja …"

„Sie haben sich noch nie getroffen. Der könnte alles Mögliche sein. Ein Ex-Sträfling. Ein Frauenschläger. Vielleicht sogar Menschenhändler."

„Okay." Mina dirigierte ihre Freundin an den Küchentisch, damit sie sich hinsetzte. „Beruhige dich, bevor du noch einen Herzinfarkt oder so bekommst."

„Hier." Ginny, die mittlere Schwester, reichte ihr ein Glas Rotwein. „Nimm einen Schluck. Das senkt den Blutdruck."

Auf halbem Weg zu ihrem Mund erstarrte Angie mit dem Glas in der Bewegung. Das überwältigende Aroma von starkem Alkohol trieb ihr beinahe Tränen in die Augen. „Was ist das?"

„Chianti. Dads Rezept für gute Gesundheit und stabile Nerven."

„Ich glaube, ich verzichte." Rotwein war sowieso nicht wirklich ihr Ding, aber dieser schien sogar stark genug, um einen Elefanten auf die Bretter zu schicken. Sie stellte das Glas auf den Tisch und murmelte zum x-ten Mal, seit sie mit ihrer Mutter gesprochen hatte „zwei Wochen" vor sich hin

„Der Teil mit dem *wir haben uns noch nie persönlich getroffen* ist es, der mir die meisten Sorgen macht; weniger der mit den zwei Wochen."

Jo, die jüngste der drei Schwestern, saß mit aufgeklapptem Laptop am Tisch. „Mit welcher Reederei ist sie unterwegs?"

„Das hat sie nicht gesagt. Nur dass es übermorgen von Florida aus losgeht und dass es eine Kreuzfahrt zum Thema Hochzeit ist. Sie hatte tatsächlich die Frechheit, mir zu sagen, dass keine Hochzeitsgäste an Bord erlaubt sind. Irgendein Quatsch von wegen zu viele Leute."

„Ich hab's gefunden!" Jo stieß triumphierend eine Faust in die Luft. „Eine zweiwöchige Kreuzfahrt mit Hochzeitspaket. Die ersten sieben Tage verbringen die Gäste unverheiratet an Bord, die nächsten sieben sind als Flitterwochen deklariert. Mit Mondscheindinner auf hoher See und einem eintägigen Zwischenstopp auf der Privatinsel der Kreuzfahrtlinie, um sich in der Sonne zu aalen."

„In der Sonne aalen?" fragte Mina.

„Hey", Jo hob verteidigend die Hände, „deren Worte, nicht meine."

„Was ich nicht verstehe, ist, warum du hier bei uns in der Küche sitzt und nicht bei deiner Mutter, um zu versuchen, sie zur Vernunft zu bringen." Ginnie schien diejenige der drei Schwestern zu sein, die am praktischsten veranlagt war.

„Weil sie noch nicht vom Einkaufen zurück ist. Ich bin bei ihr vorbeigefahren, um nachzusehen, ob sie da ist, bevor ich zu euch gekommen bin. Ihr Auto war weg, und im Haus hat kein Licht gebrannt." Angie atmete langsam aus und wandte den Blick ab, um zu verbergen, wie verlegen sie sich fühlte. Sie hatte die fünfzehnminütige Fahrt heute nicht nur einmal, sondern gleich zweimal unternommen.

„Könnte das Auto nicht in der Garage stehen?"

Angie schüttelte den Kopf. „Da ist schon seit meinem Schulabschluss kein Platz mehr drin für ein Auto."

„Okay." Ginnie ließ sich auf den Stuhl neben ihr fallen und schob ihr einen Teller mit Keksen hin. „Und was machen wir jetzt?"

Angie strich mit dem Finger über den Rand ihres Weinglases. „Ich muss einen Weg finden, sie zur Vernunft zu bringen."

„Na ja …" Mina hob beide Arme, was sie ein bisschen aussehen ließ wie einen Prediger beim Gottesdienst. Angie hatte sich inzwischen daran gewöhnt, dass die Schwestern beim Reden immer wie wild gestikulierten. „Dir bleibt ein Abend, bis sie in dieses Flugzeug steigt. Das ist nicht gerade viel Zeit."

„Mina hat recht." Ginnie nickte. „Was du brauchst, ist mehr Zeit."

Jo sah auf. „Könntest du es irgendwie schaffen, sie daran zu hindern, den Flug zu erwischen?"

„Wahrscheinlich, aber an den Tagen, an denen die Kreuzfahrtschiffe ablegen, gibt es fast jede Stunde Flüge in die Hafenstädte."

„Du hast recht, das würde nicht funktionieren." Mina schüttelte nachdenklich den Kopf. „Aber wenn du einen mehr als dreistündigen Flug lang ihre ungeteilte Aufmerksamkeit hättest, könntest du sie vielleicht überzeugen."

„Das bezweifle ich." Angie hob das Weinglas und starrte hinein; viel lieber hätte sie einen leichten Weißwein getrunken. Sie stand mit stark alkoholischen Getränken auf Kriegsfuß. Na ja, zumindest vertrugen sie sich nicht besonders gut. So sehr sie all die trügerisch leckeren Cocktails geliebt und hinterher bedauert hatte, als sie für Pams Hochzeit in Santo Domingo gewesen waren – bisher Angies erste und einzige Kreuzfahrt –, war ihr klar, dass Diet Coke allein ihre Nerven nicht beruhigen würde. Es war ernst. Sie widerstand dem Drang, sich die Nase zuzuhalten, und wagte es, einen Schluck des dunklen Weins zu probieren. Spürte, wie er ihr durch die Kehle rann und bis in die Zehen brannte. Dann leckte sie sich über die Lippen und legte den Kopf schief. „Nicht schlecht."

Jo lachte. „Sag ich doch. Chianti kann für einige ein ziemlich gewöhnungsbedürftiger Geschmack sein. Unser Vater hat ihn immer mit Zucker und Wasser gemischt, als wir noch ganz jung waren. Vermutlich vertragen wir deshalb alle einiges."

Angie bedauerte, dass sie nicht dasselbe über sich behaupten konnte. Aber immerhin führte das dazu, dass sie sich bereits nach einem Schluck schon etwas entspannte. Was allerdings nichts zur Lösung ihres eigentlichen Problems beitrug. „Ich habe über eine Stunde mit ihr telefoniert, bevor sie mich abgewürgt hat, weil sie noch ein paar Last-Minute-Besorgungen erledigen musste. Ich habe schließlich zugestimmt, sie morgen früh zum Flughafen zu bringen. Und jetzt geht sie nicht ans Telefon."

„Und ist nicht zu Hause." Mina blickte kurz zu ihren Schwestern und aus dem Fenster, bevor sie wieder Angie anschaute. „Sieht für mich ganz so aus, als wäre Plan B der Einzige, der dir jetzt noch helfen kann."

„Plan B?" Angie hatte nicht einmal einen Plan A.

„Wie steht es um deine Kreditwürdigkeit?" fragte Jo.

„Meine Kreditwürdigkeit?"

Jo nickte. „Man muss als Passagier nicht zwingend das Hochzeits- und Flitterwochenpaket buchen. Die Linie nimmt Buchungen bis vierundzwanzig Stunden vor Abfahrt an. Damit bleiben dir neunzehn Stunden, um dich zu entscheiden und deine Kreditkarte zu zücken."

„Du meinst, ich soll eine Hochzeitskreuzfahrt machen?" Hatten die Mädels schon Chianti getrunken, bevor sie durch ihre Hintertür hereingestürmt war und angefangen hatte, sich darüber zu beschweren, dass ihre Mutter offensichtlich den Verstand verloren hatte?

Jo nickte. „Das würde dir sieben Tage Zeit verschaffen, den Bräutigam unter die Lupe zu nehmen beziehungsweise die Braut davon zu überzeugen, dass die Hochzeit keine gute Idee ist."

„Wie viel kostet die Reise?" Mina warf einen Blick über die Schulter ihrer Schwester. „Ach, das geht ja sogar."

„Wenn auf dem Schiff noch letzte Zimmer frei sind, können Last-Minute-Buchungen echte Schnäppchen sein."

„Und woher weißt du das?" Ginnie musterte ihre Schwester aus neugierig zusammengekniffenen Augen.

Wieder wurde energisch mit den Händen gestikuliert. „Schon mal was vom Computerzeitalter gehört? Lebst du hinterm Mond? Das Konzept des Internets kann dir unmöglich neu sein."

Ginnie ignorierte die Bemerkung ihrer Schwester, lehnte sich auf ihrem Stuhl zurück und sah Angie an. „Vielleicht hat sie Recht und das ist gar keine schlechte Idee. Was meinst du?"

Ihre Mutter auf der Kreuzfahrt zu begleiten, war total verrückt. Absurd. Und vor allem fehlte ihr das nötige Kleingeld.

„Ja oder Nein?" fragte Jo. „Buchen oder nicht?"

„Selbst wenn ich mitfahre, wie soll ich sie daran hindern, die Hochzeit durchzuziehen?"

„Wir glauben an dich", sagte Mina mit einem Lächeln.

Glaube. Angie seufzte. Vielleicht würde sie die Inspiration packen, sobald sie an Bord des Schiffes ging. Auf keinen Fall konnte sie einfach die Hände in den Schoß legen und nichts unternehmen. Dies könnte ihre einzige Chance sein, ihre Mutter vor einer falschen Entscheidung zu bewahren und als Fall in einer dieser Vermisstenshows zu landen. Sie musste sich nur etwas einfallen lassen. „Buche die Reise."

„Dad, wie viel weißt du wirklich über diese Frau?" Schon den ganzen Abend über drehte sich Dev mit seinem Vater mehr oder weniger im Kreis, was das Thema anging.

„Hör zu." Raymond Miller war so groß wie Dev, und sein dunkles Haar war bereits seit einigen Jahren von grauen Strähnen durchzogen. Ein Schicksal, dem Dev entging, da er das sandfarbene Haar seiner Mutter geerbt hatte. Sein Vater schüttelte den Kopf, schloss den Koffer und drehte sich zu seinem Sohn um. „Es ist spät. Ich bin müde. Ich war einverstanden, dass du heute bei mir übernachtest, damit du nicht mitten in der Nacht herkommen musst, um mich abzuholen und zum Flughafen zu bringen. Es tut mir leid, dass die Organisatoren keine Gäste zulassen, aber du wirst sie kennenlernen, sobald wir von unserer Reise zurück sind. Und wenn wir ein neues Haus gefunden haben, laden wir dich sogar zum Essen ein …"

„Neues Haus?"

„Ja. Du hast doch nicht geglaubt, dass wir zusammen in dem Haus wohnen, in dem früher deine Mutter gelebt hat, oder?"

„Nein, eher nicht."

„Ich dachte, etwas in Highland Park wäre nett."

„Highland Park? Das ist eine der teuersten Wohngegenden im County."

„Findest du nicht, dass wir es verdienen, an einem

schönen Ort zu leben?"

Diese Unterhaltung lief nicht so, wie Dev sich das vorgestellt hatte. Er fuhr sich mit einer Hand in den Nacken und holte tief Luft. „Hör zu, Dad, kommt es dir nicht seltsam vor, dass diese Frau so offensichtlich teuren Schmuck und schicke Häuser braucht? Genau aus diesem Grund solltest du nichts überstür…"

„Es reicht. Es ist spät, und ich bin müde. Wenn du nur vorhast, den ganzen Abend an mir herumzunörgeln, dann …"

„Nein, Dad. Es ist nur so, dass die Ehe etwas ist, dass sehr … dauerhaft erscheint."

„In meinem Alter scheint alles von Dauer."

„So alt bist du auch noch nicht."

„Nein, aber auch nicht mehr so jung." Raymond stellte die Tasche neben den Nachttisch. „Du weißt, dass ich deine Mutter mehr geliebt habe als das Leben selbst."

„Ich weiß, Dad."

„All das hat nichts mit meinen Gefühlen für sie zu tun."

„Natürlich nicht." Die Wahrheit war, dass Dev schon seit Jahren darauf gehofft hatte, dass sein Vater jemanden finden würde, der ihm Gesellschaft leistete. Allerdings keine Frau, über die er so wenig wusste. Sein Vater lebte ein sehr bescheidenes Leben, aber niemand erklomm die Karriereleiter so hoch wie sein Dad, ohne sich dabei ein komfortables finanzielles Polster zuzulegen. Wenn jemand darauf aus war, ihn auszunehmen, gab es bei ihm auf jeden Fall genug zu holen. Und sein Vater stünde am Ende mit leeren Taschen da.

„Dann hätten wir das ja geklärt. Ich könnte noch dreißig Jahre haben oder dreißig Minuten. Zeit zu verschwenden, wäre dumm." Sein Vater warf ihm einen dieser bedeutungsvollen Blicke, die Dev aus seiner Kindheit kannte, und er wusste, dass es keinen Sinn hatte, die Diskussion noch weiter fortzusetzen. „Ich möchte jetzt etwas schlafen."

Dev nickte und trat einen Schritt zurück. „Ich hab dich lieb, Dad."

Die strenge Miene seines Vaters wurde weicher. „Ich hab dich auch lieb."

Dev schloss die Tür zum Schlafzimmer seines Vaters hinter sich und ging in die Küche. Er war noch nicht bereit, sich ebenfalls hinzulegen, nur um die nächsten Stunden damit zu verbringen, sich hin und her zu wälzen. Eine Sache, die er seinem Vater nicht vorwerfen konnte, war ein leerer Kühlschrank. Zugegeben, Raymond Miller kochte nicht so toll, wie es seine Mutter getan hatte, aber man musste auch keine Angst haben zu verhungern. Dev entschied sich für zwei Scheiben des Sauerteigbrots, das sein Dad zweifellos auf dem örtlichen Bauernmarkt am Samstagmorgen gekauft hatte, belud die Scheiben mit Aufschnitt, schnappte sich ein Bier und eine Tüte Chips. Um eine Lösung für dieses Dilemma zu finden, brauchte er viel Energie.

Statt sich an den Küchentisch zu setzen, trug er das Essen ins Wohnzimmer, ließ sich in den abgewetzten Sessel seines Vaters fallen und schaltete den Fernseher ein. Der erste Bissen von seinem Sandwich befriedigte sofort seinen knurrenden Magen. Er sollte sich wirklich die Zeit nehmen, am Samstagmorgen selbst auf den Markt zu gehen. Zwischen frisch gebackenem Brot und dem aus dem Supermarkt bestand ein himmelweiter Unterschied. Es würde ihn nicht umbringen, die ein oder andere Mahlzeit am Imbiss auszulassen und stattdessen ab und zu etwas zu kochen. Seine Mutter hatte ihm das ein oder andere in der Küche beigebracht und versprochen, dass er damit eines Tages eine Frau sehr glücklich machen würde.

Nach der Hälfte des Sandwichs begann ihn der Film über den Zweiten Weltkrieg, den er sich bisher angesehen hatte, zu langweilen und er entschied sich für eine Wiederholung von *The Big Bang Theory*. Die Hauptfigur Sheldon erinnerte ihn an seinen Mitbewohner im ersten Studienjahr. Zu intelligent und ernst für sein eigenes Wohl und damals erst fünfzehn Jahre alt.

Er hatte sich ein weiteres Sandwich gemacht und wollte gerade noch eine Tüte Chips aus dem Schrank holen, als ihm der Flyer ins Auge fiel, der mit einem Magneten am Kühlschrank befestigt war. Wie hatte er den bis zu diesem Moment übersehen können? Das massive Schiff, in Blau und Rot skizziert, hob sich wie ein bunter Hund von der weißen Tür ab. Er zog den Zettel vom Kühlschrank und nahm ihn mit ins Wohnzimmer, um ihn sich durchzulesen. Darauf war der Reiseplan für die Kreuzfahrt aufgelistete. Das Datum der Abfahrt. Das Thema der Reise: Hochzeit. Termine für die ersten sieben Tage vor der Eheschließung und für die folgende Flitterwochen-Romantik-Woche. Insgesamt vierzehn Tage.

Er ließ sich wieder auf den bequemen Sessel sinken und las auch noch das Kleingedruckte. Diese Kreuzfahrt bot viel mehr Programm, als sein Vater erwähnt hatte. Tägliche Ausflüge. Partys am Abend. Partnermassagen und Spa-Tage bis hin zu Tanz- und Kochkursen. Viel Zeit füreinander vor dem großen Tag. Und hoffentlich genug Zeit, um zu erkennen, was für ein kolossaler Fehler es wäre, tatsächlich zu heiraten.

Telefonate vom Schiff aufs Festland waren nicht mehr so teuer und umständlich wie noch vor einem Jahrzehnt. Es gab WLAN, das man gegen eine Aufpreis dazubuchen konnte, sodass die Passagier problemlos mit der Außenwelt in Kontakt bleiben konnten, wenn sie das denn wollten. Sein Vater wahrscheinlich eher nicht.

Auf einmal kam ihm ein verrückter Gedanke. Könnte er? Wäre das möglich?

Er zog sein Handy aus der Tasche, und mit nur wenigen Klicks war seine verrückte Idee beschlossene Sache. Der Anzeige auf seinem Handy zufolge war es nicht die richtige Uhrzeit, um seinen Chef anzurufen, aber er wusste, dass der Mann sein Handy zwar ausschaltete, es aber gleich als erste Tat am Morgen wieder einschaltete. Ein paar gut gewählte Worte, und der Text war fertig zum Absenden.

Familiennotfall. Brauche zwei Wochen Urlaub. Fliege morgen Abend. Werde meine Arbeitslaptop mitnehmen und Mails lesen.

Er würde einen Haufen wenig begeisterter Kunden geben, allerdings gab es genug Kollegen, die ihn vertreten konnten. Kompetente Mitarbeiter. Und selbst wenn sie es nicht gewesen wären – hier ging es um die Zukunft seines Vaters. Sein Glück. Die Aktion würde ein Kinderspiel. Zumindest hoffte Dev das. Sein Finger schwebte über dem Bildschirm, dann holte er tief Luft und tippte auf SENDEN. Er hatte keine Ahnung, wie genau er das unter der karibischen Sonne anstellen sollte, aber ob es ihm gefiel oder nicht, er würde seinen Vater vor sich selbst retten.

KAPITEL 3

„Wie geht's?" Der Lautsprecher von Angies Handy füllte die kleine Kabine mit Minas Stimme.

„Ich bin vor ein paar Stunden an Bord gegangen, aber sie haben uns gerade erst in unsere Zimmer gelassen. Ich packe aus."

„Irgendwelche Anzeichen von deiner Mutter und ihrem, äh, Freund?"

Offensichtlich hatte Mina keine Ahnung, wie groß dieses Schiff war.

„Noch nicht, aber ich bin zuversichtlich. Auf meinem Bett liegt eine Übersicht über die Route und alle weiteren Infos für die Reise. Wie es aussieht, gibt es eine Liste mit den Hochzeitspaaren beim Concierge."

„Nun, die sollte helfen."

Angie schloss eine Schublade und öffnete eine andere. „Auf jeden Fall. Ich weiß bereits, dass in einer der Lounges gleich nach dem Auslaufen eine Cocktailparty stattfindet. Ich hoffe, dass ich meine Mom da finde."

„Hast du versucht, sie anzurufen?"

Das wäre beinahe das Erste gewesen, was Angie getan hatte, bevor sie sich doch dagegen entschieden hatte. Es lagen sieben Tage vor ihr, in denen sie sich die Zeit nehmen würde, den Typen, den ihre Mutter so gerne heiraten wollte, genauer unter die Lupe zu nehmen. „Ich denke, ich verschaffe mir zuerst einen Überblick über die Lage."

„Gute Idee. Meine Hochachtung. Du gehst vor, als wärst du Teil einer Spezialeinheit."

Spezialeinheit? „Ich dachte eher wie so ein Talentscout, der sich einen Überblick über die Athleten verschafft."

„Jepp, definitiv die bessere Analogie. Wer weiß, vielleicht lernst du dabei ja sogar selbst einen netten Typen kennen. Ich meine, wenn du dir schon einen *Überblick* verschaffst."

Angie konnte das Kichern in Minas Stimme hören, und wenn sie nicht so nervös gewesen wäre, was diesen Mann im Leben ihrer Mutter anging, hätte sie auch gelacht. „Ich bin gleich mit Auspacken fertig. Das WLAN-Paket habe ich nicht gekauft, deswegen werde ich keine Internetverbindung mehr haben, sobald wir die US-Gewässer verlassen, aber in den Häfen sollte ich Empfang haben."

„Oh gut. Ich hatte schon Angst, dass ich die ganzen zwei Wochen warten muss, um zu erfahren, ob dein Plan aufgegangen ist."

„Ich werde dich auf dem Laufenden halten, keine Sorge."

„Okay. Und sobald du seinen Namen rausgefunden hast, schick ihn per SMS an Jo. Sie ist ein Genie, was das Spionieren im Internet angeht. Wenn dieser Typ Dreck am Stecken hat, wird sie es rausfinden."

„Wird gemacht. Und jetzt sollte ich langsam los. Ich muss noch ein paar Sachen auspacken, und wenn wir auslaufen, möchte ich an Deck sein."

„Du schaffst das, ich glaube an dich!"

Angie beendete das Gespräch, holte tief Luft, schob den leeren Koffer unter das Bett und sah aus dem Fenster. „Hoffentlich glaubt dieser Typ nicht, dass meine Mom Geld hat, sonst erlebt er ein schrecklich böses Erwachen."

„Ich weiß, ich weiß." Dev kickte seine Kabinentür mit dem Fuß hinter sich zu. Alles für seine spontane Abwesenheit vorzubereiten, hatte länger gedauert, als er erwartet hatte. Anstatt gestern Abend abzureisen, hatte er den einzigen verfügbaren Flug am Morgen genommen und war gerade noch rechtzeitig am Schiff angekommen. „Es war nicht zu ändern."

„Das sieht dir gar nicht ähnlich." Devs Chef schwankte mit der Vorhersagbarkeit eines Metronoms zwischen absolutem Verständnis und Entsetzen über die plötzliche Abreise seines Mitarbeiters hin und her. Und langsam begann es Dev auf die Nerven zu gehen. „In zwölf Jahren ist das das erste Mal, dass du einfach so alles stehen und liegen lässt."

„Offensichtlich war es also an der Zeit."

„Ja." Sein Chef seufzte. Zweifellos ein Ausschlag in Richtung Verständnis. „Offensichtlich. Tu mir nur einen Gefallen und nimm nicht alle deine angesammelten Urlaubstage auf einmal; das Büro bricht ohne dich sonst noch zusammen."

Es war Dev gar nicht aufgefallen, dass er in den letzten Jahren immer weniger Urlaubstage genommen hatte, bis zu dem Punkt, an dem er eine schon fast obszöne Anzahl freier Tage angesammelt hatte. „Versprochen. Ich bleibe nicht länger als zwei Wochen weg."

„Sag mir auf jeden Fall Bescheid, wenn du etwas brauchst."

„Alles klar." Dev überflog den Reiseplan, der auf seinem Bett lag, und studierte den Abschnitt für die Hochzeitsgäste. „Ich muss jetzt Schluss machen."

Nachdem er aufgelegt hatte, las er sich das Programm noch einmal sorgfältiger durch und machte sich eine Notiz, die Anzeigetafel an der Rezeption zu überprüfen. Während des gesamten Fluges hatte er darüber nachgedacht, wie er seinem Vater beibringen könnte, dass er mitfuhr. Doch welche lahme Entschuldigung er sich auch einfallen ließ, egal wie er es drehte und wendete, es führte stets zum selben Ergebnis. Sein Vater würde bestenfalls davon ausgehen, dass er die Reise mit ihm antrat, weil er spionieren wollte, und schlimmstenfalls, um die Hochzeit zu vereiteln. Um seines Vaters willen hoffte er nur, dass es keinen Grund geben würde, die zukünftige Braut verhaften zu lassen.

Nachdem er mit dem Auspacken fertig war, machte er sich auf den Weg zum Hauptdeck. Scharen von Menschen lehnten an der Reling, lachten, winkten und genehmigten sich einen Drink, während sie darauf warteten, dass das Schiff ablegen würde. Am Pool spielte eine Band festliche Musik, die die Passagiere eindeutig auf einen unterhaltsamen Urlaub einstimmen sollte. Allerdings schien das beinahe überflüssig. Die Passagiere wirkten auch so mehr als bereit, sich dem versprochenen Spaß in der Sonne hinzugeben.

Als das Tuten des Schiffshorns ertönte, um anzukündigen, dass man den Hafen nun verlassen würde, hatte er bereits sein erstes kühles Bier ausgetrunken und stellte überrascht fest, dass er unwillkürlich mit dem Fuß im Takt der Musik zu wippen begonnen hatte. Er fragte sich, wie zum Teufel er seinen Vater und dessen Freundin unter all diesen Menschen finden sollte. Als die Musik lauter wurde, entschied Dev, dass jetzt, da das Schiff fuhr, ein Spaziergang ums Deck und schließlich nach unten, um mehr herauszufinden, angebracht war.

An der Rezeption – oder wie auch immer das auf einem Kreuzfahrtschiff genannt wurde –, blieb er stehen, um sich die dort aufgestellte Tafel mit den

Informationen für die Hochzeitspaare anzusehen. Als er die kleine Notiz am Rand las, auf der stand, dass sich über dreihundert Paare angemeldet hatten, riss er vor Erstaunen die Augen auf. Wer hätte gedacht, dass so viele Menschen auf einer Kreuzfahrt heiraten wollten. Vielleicht braucht er noch ein Bier.

Plötzlich fühlte er sich sehr überfordert. Nicht, dass dreihundert Paare, die heiraten wollten, beängstigender waren als die Gesamtzahl der Passagiere auf diesem schwimmenden Resort Hotel, aber langsam dämmerte ihm, dass er vielleicht nicht drum herum kommen würde, seinen Vater anzurufen. Und dann musste er einfach darauf hoffen, dass ihm sein Dad die Frau, die er heiraten wollte, vorstellen würde.

Wie hatte es so weit kommen können, dass sich Angie wieder einmal allein auf einer Kreuzfahrt wiederfand? Letztes Mal hatte sie die Reise zumindest gemeinsam mit Freundinnen angetreten, auch wenn sie selbst Single gewesen war. Doch diesmal kannte sie keine Menschenseele an Bord. Abgesehen von ihrer Mutter natürlich – sofern sie sie fand. Was ihre nächste Mission war.

Drei Doppeltüren führten von einem breiten Flur in eine Lounge. Zu ihrer Überraschung standen nur wenige Paare, die darauf warteten, dass sich die Türen öffneten, davor Schlange. Als sie auf die Tafel blickte, die neben dem ersten Eingang aufgestellt war, las sie die Willkommensnachricht darauf und hielt bei den letzten Worten inne. *Private Party für Destiny's Reisehochzeiten Paare.* Sie betrachtete die wenigen Paare in der Schlange. Sie waren nicht nur offensichtlich zusammen, sondern klebten regelrecht aneinander, als wären sie statisch aufgeladen.

„Nicht das, was ich erwartet hatte", murmelte Angie und trat einen Schritt zurück. „Überhaupt nicht das, was ich erwartet hatte."

Als sie sich auf dem Absatz umdrehte und einen Schritt nach vorne machen wollte, prallte sie gegen eine solide Wand. Die in diesem Fall ein Mensch war.

„Vorsicht!" Seine Finger schlossen sich um ihre Arme, um zu verhindern, dass sie das Gleichgewicht verlor. „Was haben Sie gerade gesagt?"

„Äh." Tiefgraue Augen, in denen sich ihre eigene innere Unruhe spiegelte, schauten auf sie herab. „Nicht das, was ich erwartet hatte", murmelte sie.

Er ließ sie los, seine Hände aber erhoben, falls sie wieder stolpern sollte. Dann trat er einen halben Schritt zurück und seufzte. Sein Blick wanderte zu den Doppeltüren. „Ich auch nicht."

„Hat sie ihre Meinung geändert?"

Sein Blick zuckte zurück zu ihr. „Sie?"

„Ihre Verlobte?"

„Oh." Um seine Augen erschienen Lachfalten. „Himmel nein. Ich bin Single. Aber es ist ein ziemlich großes Schiff, und ich hatte gehofft, hier jemanden zu finden."

Sie nickte. „Ich auch."

In diesem Moment öffneten sich die Türen, neben denen jeweils zwei lächelnde Kellner mit Tablets in den Händen standen und die Paaren hineinbaten.

„Sieht so aus, als müsste ich meine Suche auf später verschieben." Er blickte über ihren Kopf hinweg zu der wachsenden Schlange an Passagieren, die sich langsam ins Innere der Lounge bewegte.

„Wahrscheinlich ist das besser, ja." Sie warf einen Blick in die entgegengesetzte Richtung zur Wendeltreppe in der Mitte des Gangs und fragte sich, woher diese ganzen Menschen kamen. Wahrscheinlich hatten sie vorher in irgendwelchen dunklen Ecken rumgelungert und geknutscht. „Verdammt."

„Verzeihung?"

„Nichts, entschuldigen Sie." Sie schüttelte den Kopf. „Ich hatte eigentlich gehofft, meine … Freundin so schnell wie möglich zu erwischen, aber zwischen all diesen verliebten Paaren würde ich auffallen wie das schwarze Schaf in einer Herde weißer Verwandter."

Er lachte und sah dann wieder zu den Türen rüber. „Es sei denn." Er hob einen Finger und überflog die Reihen der Teilnehmer und die Angestellten, die dafür verantwortlich waren, nur Hochzeitspaare reinzulassen. Keiner von ihnen schien auch nur annähernd so sorgfältig die Liste der Gäste auf seinem Tablet durchzugehen, wie noch vor wenigen Minuten. „Entschuldigen Sie, ich habe mich noch gar nicht vorgestellt. Ich bin Devon. Meine Freunde nennen mich Dev."

„Und meine Freunde nennen mich Angie." Die dunkelgrauen Augen, die von einer ähnlichen Nervosität erfüllt schienen, wie sie Angie selbst empfand, funkelten nun fröhlich. Was ihr sehr gefiel. Zum ersten Mal seit dem Gespräche mit ihrer Mutter vor zwei Tagen spürte sie den Ansatz eines Lächelns an ihren Mundwinkeln zupfen. „Schön, dich kennenzulernen."

„Schön, *dich* kennenzulernen. Da du da genauso rein willst wie ich und wir beide alleine reisen …" Er sah sie an, bis sie seine Annahme mit einem Nicken bestätigte. „Ich vermute, die haben inzwischen damit aufgehört, auf irgendeiner Liste nach Namen zu suchen und abzuhaken." Er winkelte den Ellbogen an. „Was meinst du, wollen wir zusammen reinschlendern und so tun, als würden wir dazugehören?"

Zum ersten Mal seit Tagen stieß sie ein kurzes Lachen aus und hakte sich bei ihm unter. Vielleicht war das hier ein Zeichen. „Meine Mutter hat immer gesagt, wenn du so tust, als würdest du dazugehören, wird sich niemand trauen, das infrage zu stellen."

Lächelnd wie ein verlobtes Paar, das sie nicht waren, schlenderten sie an den Türstehern vorbei in den großen Raum, und Angie fragte sich, wie viel von dem, was sie vorhatte, sie diesem freundlichen Fremden wohl erklären musste.

Erstes Hindernis überwunden. Und das mit einer netten Verbündeten.

In diesem Moment blieb ein Kellner mit einem Tablett voller Champagnergläser neben ihnen stehen. „Möchten Sie ein Glas Champagner?"

Dev schüttelte den Kopf, erst dann viel ihm seine neu gewonnene Partnerin ein und er drehte sich hastig zu ihr um.

Doch auch sie schüttelte den Kopf.

„Wir haben auch Chardonnay, Cabernet und Bahama Mamas", fügte der Mann hinzu.

Die Frau an Devs Seite, die sich gerade suchend umgesehen hatte, richtete den Blick abrupt zurück auf den Kellner. „Entschuldigen Sie, was?"

„Bahama Mama. Das ist das blaue Getränk, das das sie da drüben auf dem Tablett sehen."

„Oh." Sie reckte ihr Kinn und lächelte breit. „Nein, danke."

Mit der leisesten Andeutung eines Nickens ging der Kellner zum nächsten Paar weiter.

„Hast du deine Freundin schon entdeckt?" fragte Dev.

Sie richtete ihre Aufmerksamkeit erneut auf die Anwesenden Gäste und schüttelte den Kopf.

„Vielleicht sind sie noch nicht hier."

„Sie?"

„Na ja, eigentlich suche ich vor allem den Bräutigam in spe." Ihr Blick blieb auf die Fremden um sie herum gerichtet.

„Aha." Obwohl er nicht die geringste Ahnung hatte, wie genau ihre Geschichte aussah, war er sich einer Sache sicher, die Typen, die sie bisher hatten entkommen lassen, waren Idioten. Natürlich war es möglich, dass sie sich noch als absolut schrecklicher Charakter herausstellte, aber der Ausdruck in ihren großen blauen Augen schien zu intelligent und ihr Lächeln zu freundlich, als dass er wirklich hätte glauben können, sie sei im Grunde furchtbar unsympathisch. Wenn er hätte wetten müssen, hätte er also auf jeden Fall darauf gesetzt, dass ihre Ex-Freunde Idioten waren.

Während er selbst noch stumm mit sich selbst über die Vor- und Nachteile des ersten Eindrucks debattierte, drehte sich die betreffende attraktive Brünette um und kollidierte fast zum zweiten Mal in sehr kurzer Zeit mit seiner Brust.

„Wird das jetzt zur Gewohnheit?"

Sie schüttelte den Kopf und trat einen Schritt zurück. Dann streckte sie die Hand aus und schnappte sich einen dieser blauen Drinks vom Tablett eines vorbeigehenden Kellners, nahm einen großen Schluck und murmelte: „Nein."

Schade eigentlich. Ihren Körper an seinem zu spüren gefiel ihm. „Ich nehme mal an, du hast jemanden entdeckt?"

Diesmal nickte sie – und nahm dann noch einen großen Schluck. „Was ich hier mache, ist total verrückt."

Er war sich nicht sicher, welcher Teil der letzten paar Minuten der verrückte Teil war, aber als er über ihre Schulter schaute, fragte er sich, welcher von den ganzen Typen im Raum ihr *jemand* war; nur um sich gleich darauf zu fragen, ob ihre Verrücktheit so schlimm war wie seine eigene. So kurzfristig im Job einfach alles stehen und liegen zu lassen und an Bord eines Kreuzfahrtschiffes zu gehen, um einem erwachsenen Mann hinterherzuspionieren und ihn davon zu überzeugen, keine wildfremde Frau zu heiraten, hatte ganz sicher genug Potenzial, um als absolut verrückte Aktion durchzugehen.

Als ein Kellner mit Rotwein an ihnen vorbeikam, folgte er Angies Beispiel. Er streckte die Hand aus und schnappte sich ein Glas vom Tablett, ohne dass dieser auch nur kurz innehalten musste. Dann nahm er einen tiefen Schluck, warf einen Blick über den Rand seines Glases und entschied, dass seine Geschichte für sie beide verrückt genug war. Denn welcher andere vernünftige Erwachsene käme bitte auf die Idee, seinem Elternteil auf diese Weise einfach hinterher zu reisen?

KAPITEL 4

Oh nein, was nun? Angie hielt den Blick auf das Schlüsselbein ihrer neuen … *Bekanntschaft* gerichtet. Obwohl sie sich nicht ganz sicher war, ob *Bekanntschaft* das richtige Wort für einen Fremden war, den sie dazu gebracht hatte, ihr mit ihrer kleinen Notlüge zu helfen, und bei dem sie gerade Gefahr lief, ihr Gesicht an seiner Schulter zu vergraben. Das war eine ganz schlechte Idee.

„Willst du mir sagen warum?"

„Hä?" Hatte sie überhört, was er vorher gesagt hatte? „Entschuldige, was?"

„Willst du mir sagen, warum das eine schlechte Idee ist?"

Sie wusste, wenn sie ihre Augen weiter öffnete, würden sie ihr aus den Höhlen quellen. „Habe ich das laut gesagt?"

Ein amüsiertes Funkeln glitzerte in seinen Augen. „Hast du."

Sie senkte die Lider und stieß einen tiefen Seufzer aus, bevor sie ihren Blick wieder auf ihn richtete. „Ich bin nicht die Art von Person, die sich einfach so in irgendein Abenteuer stürzt. Ich habe immer einen Plan, und den schon lange im Voraus. Und außerdem einen Back-up-Plan und noch ein Back-up, falls es damit auch nicht klappen sollte. Normalerweise erstelle ich außerdem eine Zeitleiste und höchstwahrscheinlich ein oder zwei begleitende Tabellenkalkulationen."

„Kommt mir bekannt vor." Sein amüsiertes Grinsen war zurück.

„An dieser Kreuzfahrt teilzunehmen war … eine ziemlich impulsive Aktion."

„Oh Mann, du hast keine Ahnung, wie gut ich dich verstehe. Obwohl es sicher viele Menschen gibt, die argumentieren würden, vierundzwanzig Stunden Vorlauf seien ausreichend, um so was zu organisieren, war das für mich alles lächerlich spontan."

„Wirklich?" Er wirkte aufrichtig, dennoch fragte sie sich, ob er nur versuchte, ihr ein besseres Gefühl zu geben.

Er nickte. „Wirklich. Warum sagst du mir nicht, worum es bei dir genau geht?"

„Nur wenn du versprichst, nicht zu lachen."

Er hob zwei Finger zum Schwur. „Pfadfinderehrenwort."

„Warst du jemals ein Pfadfinder?"

„Karten-Träger." Er hatte ein wirklich nettes Lächeln.

„Meine Mutter hat einen Hallodri kennengelernt." Angie wollte gar nicht darüber nachdenken, welche schlimmeren Optionen es außerdem gab. Ein Frauenheld erschien ihr schon schrecklich genug. „Sie hat ihn mir noch nicht mal vorgestellt. Und trotzdem sind die beiden gerade auf diesem Schiff, um glücklich bis ans Ende ihres Lebens in den Sonnenuntergang zu schippern."

Er murmelte etwas, das sehr nach „Scheint diese Woche besonders gefragt zu sein" klang. Doch was auch immer der Mann tatsächlich gesagt hatte, sie musste sich auf ihre anstehende Aufgabe konzentrieren. Sie konnte immer noch nicht glauben, dass auf diesem Schiff über dreihundert Paare darauf warteten, verheiratet zu werden.

Kopfschüttelnd wagte Angie, sich umzusehen.

„Um die Situation noch schlimmer zu machen, habe ich aus dem Wenigen, das sie mir erzählt hat, herausgefiltert, dass sie ihm kleine ... *Aufmerksamkeiten* geschenkt und nicht einmal drüber nachgedacht hat, einen Ehevertrag zu schließen. Falls der Typ denkt, dass sie Geld hat, wird er sein blaues Wunder erleben."

„Ich weiß, was du meinst. Mein Vater befindet sich in der gleichen Situation und weiß es nicht mal."

„Du hast es ihm aber gesagt, oder?" Ihr Blick wanderte zurück zu ihm.

Er nickte. „Diese Goldgräberin hat ihn schon dazu gebracht, ihr einen Stein von der Größe Gibraltars an den Finger zu stecken, und wenn sie nach Hause kommen, hat er vor, ein Haus in einem extrem teuren Viertel für sie beide zu kaufen. Ich glaube, dass das alles ein abgekartetes Spiel ist, aber ohne sie bisher kennengelernt zu haben, kann ich nicht viel tun, um mehr über sie rauszufinden."

„Oh, das tut mir leid. Zumindest *vermute* ich nur, dass dieser Typ hinter Moms Geld her ist. Ich habe keine wirklichen Beweise wie du. Soweit ich weiß, könnte er hundert andere Gründe haben, die noch beängstigender sind, aber was ich weiß, ist, dass es wirklich beängstigend ist, wie leicht meine Mutter, die immer vernünftig war und mir gute Ratschläge gegeben hat, sich von so einem Betrüger hereinlegen lassen kann."

„Ich kann mir gar nicht vorstellen, wie viel mehr Sorgen ich mir machen würde, wenn es meine Mutter und nicht mein Vater wäre, die in diesem Schlamassel steckt."

„Oh, da ist sie." Angie drehte ihrer Mutter, die plötzlich nur noch wenige Meter entfernt von ihnen stand, hastig den Rücken zu. „Ich möchte nicht, dass sie mich schon sieht. Ich bin noch nicht bereit."

„Ich weiß, wie du dich fühlst." Dev nahm sie am

Ellbogen und führte sie durch den großen Raum in eine ruhigere Ecke.

Mit dem Rücken zur Wand und einem fruchtigen Getränk in der Hand, das sie sich sowohl zur Tarnung vors Gesicht hielt und mit dem sie sich außerdem den nötigen Mut antrank, war sie bereit, sich zurückzulehnen und diesen Weiberhelden die ganze Nacht oder gleich die gesamte nächste Woche nicht mehr aus den Augen zu lassen. Was sie brauchte, war allerdings einen Name und einen besseren Plan. Beziehungsweise überhaupt irgendein Plan. Wäre Dev nicht gewesen, würde sie sich in diesem Moment nicht mal im selben Raum wie der Typ und ihre Mutter befinden. Vielleicht konnte ihr Dev noch ein paar weitere gute Ideen liefern, wie sie bei ihrem verrückten Nicht-Plan vorgehen sollte.

„Ich bin neugierig, wie sieht dein Plan aus?"

„Ehrlich gesagt habe ich keinen. Ich befinde mich in der gleichen Situation wie du. Außer die Angebetete meines Vaters unter die Lupe zu nehmen und zu hoffen, dass ich ihren Absichten schneller auf die Schliche komme als mein Dad, habe ich keine Ahnung, was ich tun soll. Ein guter Anfang wäre natürlich, ihren Namen rauszufinden."

„Ja, den brauche ich auch." Angie stellte ihr Glas auf einen leeren Tisch in der Nähe und sah sich suchend nach ihrer Mutter um, nur um überrascht festzustellen, dass diese erneut in ihre Richtung geschlendert kam. Hatte ihre Mutter ihre einzige Tochter in der Menge entdeckt? Nein, das konnte nicht sein. Oder doch?

„Du wirkst ein bisschen grün im Gesicht."

„Ich fühle mich auch etwas grün. Meine Mom kommt mit ihrem Hallodri direkt auf uns zu."

Dev versteifte sich. „Wie weit sind sie noch entfernt?"

„Ungefähr zehn Meter, und es werden immer weniger. Sie scheinen etwas zu suchen. Allerdings ist das bei dem schlechten Licht schwer zu beurteilen. Und ihn kann ich auch nicht gut erkennen."

„Wie nah sind sie jetzt?"

„Vielleicht noch sechs Meter. Oh, gut, jetzt sind sie stehen geblieben, um sich mit einem anderen Paar zu unterhalten." Angie machte einen kleinen Schritt nach rechts, um sich hinter Devs großer Gestalt vor den Blicken ihrer Mutter zu schützen. Jetzt konnte sie den Mann beinahe sehen. Wenn sich ihre Mutter nur ein kleines bisschen drehte, könnte sie ihn … Oh Mist. Ihre Mutter drehte sich um, allerdings gleich um hundertachtzig Grad, und würde Angie jede Sekunde entdecken. Sie selbst stand mit dem Rücken zur Wand, es gab keinen Ausweg. Ihr blieb keine andere Wahl. Und in den Filmen funktioniert dieser alte Trick immer. Warum also nicht auch in der Realität?

Er sah Panik in ihren Augen aufblitzen, kurz bevor er den Zug an seinem Nacken spürte. Ihre Finger schlossen sich um seinen Hemdkragen, und bevor sein Verstand auch nur anfangen konnte zu verarbeiten, was sie vorhatte, pressten sich warme, geschmeidige Lippen auf seine.

Die Überraschung, die er empfand, verwandelte sich kurz in Schock, bevor er ins Hier und Jetzt zurückkehrte. Es war ziemlich nett. Mehr als nett. Sie passte so perfekt zu ihm, dass er seinen Vater, die Goldgräberin und den panischen Blick vergaß, den Angie ihm noch Sekunden zuvor zugeworfen hatte, bevor sie sich an ihn drückte. Es fühlte sich wie die natürlichste Sache der Welt an, seine Arme um sie zu legen und sie an sich zu ziehen. So natürlich, dass er seine Haltung änderte, damit sie noch enger zusammenstanden und Angie für die Öffentlichkeit unsichtbar wurde. Bis eine raue und sehr laute Stimme „Willkommen bei Destiny's Reisehochzeiten" sagte.

Als sich Angie in seinen Armen versteifte, wusste er, dass ihr gerade das Gleiche bewusst geworden war wie ihm. Sie waren nicht miteinander allein. Sie waren nicht nur nicht allein, sie kannten sich kaum. Verdammt, er wusste nicht mal, wie sie mit Nachnamen hieß. Er hatte kein Recht, sie zu küssen, als würde sie tatsächlich zu ihm gehören.

„Kannst du sie sehen?" murmelte er leise an ihrer Stirn. „Beobachten sie uns?"

„Äh." Ihre Finger lösten sich von seinem Hemd. „Ich …"

„Deshalb hast du mich geküsst! Damit dich deine Mutter nicht sieht."

Ihre Schultern entspannten sich, und sie nickte. „Sie sind direkt auf uns zugesteuert. Ich wusste nicht, was ich sonst machen sollte. Im Film funktioniert das immer."

„Und ich fange an zu begreifen warum." Er verspürte einen seltsamen Drang zu lachen. „Kannst du sie denn noch sehen?"

Sie hielt einen langen Moment inne, bevor sie den Kopf schüttelte. „Sie sind weitergegangen.."

Er atmete tief ein, machte einen großen Schritt zurück und wünschte sich, jemand würde mit einem Tablett voller großer Gläser Eiswasser vorbeikommen. Er könnte eines gebrauchen. Oder gleich mehrere. „Ich sollte wahrscheinlich auch langsam anfangen, nach meinem Dad zu suchen."

Angie nickte. „Wie sieht er aus?"

Dev sah sich unter den vielen Paaren um und stellte ein wenig überrascht fest, wie viele Leute im Alter seines Vaters hier waren, die offensichtlich heiraten wollten. „Der Veranstalter scheint auf Senioren spezialisiert zu sein. Mein Dad ist ein paar Zentimeter kleiner als ich und hat schwarz-graue Haare."

Angie sah sich nun ebenfalls wieder um und runzelte die Stirn. „Oh mein Gott, jetzt kapiere ich, was du meinst. Hier sind ein ganzer Haufen Leute, auf die die Beschreibung deines Vaters passt. Dabei kann ich nicht mal bis zum anderen Ende des Saals schauen."

Dev nickte. Sie hatte absolut recht.

„Bitte genießen Sie die Drinks und die Musik ..." Als die Musik für die Durchsage unterbrochen wurde, merkte Dev auf. Bisher hatten sie beide noch nicht einmal richtig hingehört, wenn der Kapitän etwas zu sagen gehabt hatte. Nur für den Fall, dass der Mann vielleicht irgendetwas Hilfreiches mitteilte, lauschten Dev und Angie schweigend der Durchsage. „Und falls wir Sie heute Abend nicht beim Karaoke sehen, dann morgen früh zum Bettspiel-Event."

Als Nächstes begann die Band, die Dev vorher gar nicht bemerkt hatte, eine schwungvolle Melodie zu spielen. Die meisten der geladenen Gäste standen mit ihren kostenlosen Drinks im Raum verteilt und unterhielten sich oder tanzten; doch Dev nahm Angies Hand und ging zu einer Stelle, von der aus sie die Türen zur Lounge und somit auch die wenigen Gäste, die bereits gingen, besser im Blick hatten.

„Kann ich Sie für einen weiteren Drink interessieren?" Ein Kellner blieb neben ihnen stehen.

Dev nahm sich ein Glas Wein von seinem Tablett; dabei sah er Richtung Tanzfläche – und entdeckte ein ihm nur allzu vertrautes Gesicht. „Danke", sagte er zu dem Kellner, während er beobachtete, wie sein Vater am Rand der Tanzfläche stand und lachte. Dev wartete voller Spannung darauf, dass sich sein Dad ein wenig zur Seite drehte, damit er das Gesicht der Frau erkennen konnte.

„Ich habe meinen Vater gefunden."

„Tanzt er?" fragte Angie.

„Ich nehme an, man könnte es Tanzen nennen. Die beiden bewegen sich kaum, und Dad amüsiert sich schrecklich über irgendetwas."

„Welches Paar ist es denn?" Angie lehnte sich leicht an ihn und sah in die Richtung, in die er deutete. „Oh, er sieht gut aus."

Dev drehte sich zu ihr um und räusperte sich. „Du klingst überrascht."

Worauf Angie eine Hand auf ihre Brust presste und die Augen aufriss. „Ich meinte natürlich, kein Wunder, dass er gut aussieht. Ich denke, ich habe einfach jemanden erwartet, der ein bisschen älter und vielleicht nicht ganz so attraktiv ist. Eben ein Typ, der schnell auf eine Frau hereinfallen könnte, die nur auf sein Geld aus ist."

Dev kniff die Augen zusammen und schüttelte den Kopf. „Kannst du mir das noch einmal genauer erklären?"

„Nicht wirklich." Sie kicherte leise. „Ich hatte eben einfach nicht erwartet, dass er gut genug aussieht, um sich eine nette Frau aussuchen zu können. Ich glaube, ich bin immer davon ausgegangen, dass es solche Art Goldgräberinnen auf Männer mit Glatze und geringem Selbstwertgefühl abgesehen haben."

„Schade, dass ich sie nicht sehen kann. Der kahlköpfigem Mann daneben versperrt mir komplett die Sicht." Seufzend wandte Dev seine Aufmerksamkeit wieder der Tanzfläche zu. Nur dass sein Vater und seine Begleiterin verschwunden waren. Verdammt. „Meine Mutter ist schon seit vielen Jahren tot. Ein Teil von mir würde gerne glauben, dass diese Frau jemand ganz Besonderes ist, die Dad endlich dazu zu bringen kann, das Leben wieder zu genießen. Aber diese ganze

Geschichte ist mir einfach nicht ganz geheuer."

Angie schaute ebenfalls wieder zur Tanzfläche hinüber. „Ich sehe sie nicht mehr."

„Ich auch nicht." Er ließ den Blick über die Tanzfläche und die Tische wandern, die darum angeordnet waren. „Und was ist mit deiner Mutter?"

„Die ist auch nicht dort. Allerdings tanzt sie auch nicht gerne."

Kurze Zeit später begann sich die Menge etwas zu lichten, doch weder Dev noch Angie hatten ihre jeweiligen Elternteile noch einmal entdecken können.

„Sieht so aus, als hätten wir keine andere Wahl, als zu akzeptieren, dass sie sich unbemerkt aus dem Staub gemacht haben." Angie stellte das Glas mit Diet Coke ab, die sie bestellt hatte.

„Da muss ich dir leider zustimmen."

„Hast du schon einen Plan?"

Dev schüttelte den Kopf. „Noch nicht."

„Ich fange an zu glauben, dass es nicht reichen wird, meiner Mutter nachzuspionieren. So verschwende ich nur wertvolle Zeit, die ich ansonsten darauf verwenden könnte, sie davon zu überzeugen, dass sie einen Fehler begeht."

„Etwas Ähnliches habe ich auch schon gedacht. Ich habe Dad ungefähr eine Sekunde lang gesehen und dann gleich wieder aus den Augen verloren."

„Die Frage ist nur, rufe ich sie auf ihrem Zimmer an, um ungestört mit ihr reden zu können, oder warte ich bis zur Karaoke in der Hoffnung, dass sie mir vor lauter Zeugen nicht gleich den Kopf abreißen wird."

Dev stieß ein schallendes Lachen aus. Jede ernste Situation erforderte ab und zu ein wenig Leichtigkeit, und für die hatte sie gerade gesorgt. „Vielen Dank."

„Für was?" Sie runzelte aufrichtig verwirrt die Stirn.

„Dafür, dass du mich zum Lachen gebracht hast."

„Oh." Sie winkte ab. „Jederzeit gerne."

Sie wirkte ganz locker und entspannt, aber Dev hatte den Eindruck, dass sie in diesem Moment alles andere als das war. „Wenn ich meinen Vater richtig einschätze, dann ist er wahrscheinlich gerade auf der Suche nach etwas Essbarem. Könnte ich dich vielleicht überreden, etwas mit mir essen zu gehen? Dabei könnten wir einen Plan B aushecken, bevor wir unseren Eltern gegenübertreten."

„Das ist vermutlich der klügste Vorschlag, den ich den ganzen Tag über gehört habe." Ihr Magen knurrte zustimmend.

Erneut winkelte er seinen Ellbogen an, damit sie sich unterhaken konnte.

Nachdem sie herausgefunden hatten, wo sich der Speisesaal befand, machten sie sich rasch auf den Weg durch das Schiff und betraten den riesigen Raum.

„Oh, toll!" Immer noch lächelnd sah sich Angie unter all den Menschen um.

„Tisch für zwei? Oder würde es Ihnen etwas ausmachen, mit anderen Gästen zusammen zu sitzen?" erkundigte sich der Maître d' bei ihnen.

„Mit anderen Gästen zusammen ist für mich in Ordnung", antwortete Dev, bevor er fragend Angie ansah.

Sie nickte. „Geht in Ordnung."

„Sehr gut. Folgen Sie mir."

Im Gänsemarsch liefen sie dem Kellner hinterher, bis dieser an einem größeren Tisch stehen blieb. In diesem Moment senkte ein anderer Gast daran seine Speisekarte, hinter der ein grau melierter Mann auftauchte, der Devs Vater sehr ähnlich sah. Für den Bruchteil einer Sekunde befürchtete Dev, seinem Vater und dessen Begleiterin gegenüberzustehen. Doch dem war nicht so. Dem Alter der wasserstoffblonden Frau nach zu urteilen, hätte Dev jedoch einiges darauf gesetzt, dass es die Dame auf die Brieftasche ihrer sehr viel älteren Begleitung abgesehen hatte

„Wir haben es uns noch einmal anders überlegt", wandte sich Dev an den Kellner, „einen Tisch für zwei, bitte."

KAPITEL 5

„Was war los?" Angie folgte dem Maître d'
zurück zu seinem Podium, damit er einen
neuen Platz zuweisen konnte.

„Nichts. Nicht wirklich. Für den Bruchteil einer
Sekunde dachte ich, der Mann am Tisch wäre mein
Vater. In dem Moment ist mir klar geworden, dass ich
einen richtigen Plan brauche, bevor ich ihm gegenüber-
stehe, und den kann ich nicht schmieden, während ich
gleichzeitig höfliche Konversation mit zwei mir
unbekannten Menschen an meinem Tisch betreibe."

Wenn er genauer darüber nachdachte, waren es
sogar drei ihm unbekannte Leute, Angie eingeschlos-
sen.

„Warum lassen wir das formelle Abendessen nicht
einfach ausfallen?", schlug sie vor. „Oben gibt es eine
tolle kleine Pizzeria und draußen an Deck eine
Handvoll Tische. Die Leute brauchen sicher ein paar
Tage, bis sie die Pizzeria entdecken, also wird dort
wahrscheinlich nicht viel los sein."

Er hob erst eine Augenbraue, dann eine zweite.
„Bist du häufiger auf Kreuzfahrtschiffen unterwegs?"

Sie lachte. „Eigentlich nicht. Allerdings war ich vor
ein paar Jahren auf dem Schwesterschiff dieser Linie;
für die Hochzeit einer Freundin. Die Pizzeria war der
Geheimtipp, um den Massen zu entfliehen. Und wenn
es eine Sache gibt, die ein Kreuzfahrtschiff immer ist,
dann ist das überfüllt."

„Okay, lass uns Pizza essen gehen." Dev entschuldigte sich bei dem Oberkellner und bedeutete Angie voranzugehen. „Nach dir."

Auf dem Weg zum Fahrstuhl sagte keiner von beiden ein Wort, aber beide sahen sich sorgfältig auf dem riesigen Schiff um. Doch es waren weder die Springbrunnen noch die engagierten Verkäufer, die in ihren kleinen Läden für ihre Waren warben, oder die Kneipen und Imbisse, die ihr Interesse weckten. Was sie um so genauer im Auge behielten, waren die Menschen. Dev schaute in jedes Gesicht auf der Suche nach den beiden Paaren, die der Grund dafür waren, dass sie beide an Bord gegangen waren.

Als sie an einem der wenigen Bistrotische der Pizzeria saßen, hob Dev ein Stück Peperoni-Pizza hoch. „Wenn du dir eine mit Ananas bestellt hättest, hätte ich die hier alleine essen müssen." Lächelnd nahm er einen Bissen.

„Fleisch und Gemüse auf Pizza sind okay, aber am liebsten mag ich einfach Käse oder Peperoni. Alles darüber hinaus würde ich nicht wirklich als Pizza bezeichnen."

Zwischen den Bissen stellten sie fest, dass sie beide in benachbarten Countys in einem Bundesstaat mitten im Nirgendwo lebten, beide in Kleinstädten aufgewachsen waren, beide länger arbeiteten, als sie zugeben wollten, keiner von ihnen seit Ewigkeiten länger Urlaub genommen hatte, beide davon profitiert hatten, Kinder glücklich verheirateter Eltern gewesen zu sein und beide von der Hochzeits-Ankündigung ihres jeweiligen Elternteils überrumpelt worden waren. Und sie beide gingen davon aus, dass die zukünftigen Ehepartner ihre Eltern vermutlich um Geld betrügen wollten.

„Die Erwachsene in mir wünscht sich, dass meine Mom jemanden findet. Und diese Erwachsene versteht auch, dass meine Mutter zu jung ist, um den Rest ihres Lebens allein zu verbringen."

Dev nickte.

„Ich verstehe es wirklich, und es macht mir nichts aus. Zumindest denke ich nicht, dass es das tut." Angie griff nach ihrem Glas und nahm einen Schluck von ihrem Drink.

„Es ist schwer", stimmte Dev zu. „An manchen Tagen erwarte ich immer noch, meine Mum plötzlich wieder im Haus meines Dads stehen zu sehen; dabei ist es ewig her, dass wir sie verloren haben."

„Es gibt viele Dinge, über die ich vielleicht hinwegsehen könnte, aber was mich wirklich stört, ist, dass alles so schnell gehen muss. Warum ist nicht wenigstens genug Zeit, um mich ihm vorzustellen?"

Dev schluckte seinen letzten Bissen hinunter und nickte. „Exakt das Gleiche frage ich mich auch die ganze Zeit. Warum gibst du mir nicht Gelegenheit, deine zukünftige Ehefrau kennenzulernen? Was gibt es da zu verbergen?"

Angie beugte sich vor und senkte die Stimme. „Ich frage mich, ob weitere der für diese Woche geplanten Hochzeiten so verdächtig sind wie die unserer Eltern."

„Darüber habe ich ehrlich gesagt noch nicht nachgedacht. Ich habe einfach angenommen, dass mein Vater ein Einzelfall ist. Aber nachdem ich deine Geschichte gehört und die ganzen anderen Paare hier gesehen habe, frage ich mich das tatsächlich auch."

„Glaubst du, dieses Heiratsunternehmen hat etwas damit zu tun, dass es unsere Eltern so eilig haben, jemanden zu heiraten, den sie noch nicht lange kennen?"

„Ich weiß es ehrlich gesagt nicht. Die ganzen Paare, die wir gesehen haben, schien mir völlig durchschnittlich zu sein. Und sogar verliebt. Mir ist nichts Merkwürdiges an ihnen aufgefallen. Das alles passt nicht zu dem überstürzten Plan, möglichst schnell zu heiraten. Obwohl ich zugeben muss, dass mein Dad sehr glücklich gewirkt hat; auch wenn ich ihn natürlich nur ganz kurz gesehen habe. Aber er schien sich wirklich zu amüsieren."

Jetzt fühlte sich Angie schuldig. Ihre Mutter hatte auch gelächelt. Und es war nicht nur ein Höflichkeitslächeln gewesen, sondern eines, das bis zu den Augen reichte. Selbst in dem schwach beleuchteten und überfüllten Raum hatte Angie erkennen können, dass ihre Mutter eine gute Zeit hatte.

„Machen wir uns vielleicht zu viele Gedanken?", fragte sie.

Dev schüttelte den Kopf. „Versteh mich nicht falsch, ich möchte, dass mein Vater glücklich ist, und ich möchte nicht, dass er den Rest seines Lebens allein verbringt, aber diese Sache geht einfach zu schnell. Es fühlt sich nicht richtig an."

Gut. Da sie nicht die Einzige war, die so dachte, fühlte sie sich etwas besser. Ein bisschen weniger bescheuert, dass sie den nächstbesten Flug nach Florida genommen hatte, um sich eine Einzelkabine auf einem Kreuzfahrtschiff zu leisten. „Trotzdem … wenn ich tatsächlich davon ausgehe, dass wir beide die Situation richtig beurteilen, warum habe ich dann nach wie vor das ungute Gefühl, dass ich am Ende diejenige sein werde, die wie eine Verrückte dasteht, wenn ich noch einmal versuche, meine Mutter davon zu überzeugen, dass sie sich wie ein Teenie benimmt?"

Ein Grinsen breitete sich auf seinem Gesicht aus. „Dagegen können wir vielleicht etwas unternehmen."

„Wie?"

Er stützte die Ellbogen auf den Tisch und verschränkte die Finger. „Wir haben uns heute Abend gegenseitig geholfen, uns auf die Willkommensparty für Hochzeitspaare zu schmuggeln. Warum unterstüt zen wir uns nicht einfach weiter gegenseitig? Sobald wir unsere Eltern gefunden haben und zur Rede stellen, können wir uns gegenseitig Rückendeckung geben.“

„So etwas wie moralische Unterstützung und Leumundszeuge in einem?“

„Exakt.“ Er nickte knapp mit dem Kopf.

Sie griff nach ihrer Cola und spürte, wie ihre Mundwinkel zuckten. „Die Idee gefällt mir. Definitiv ein Plan, bei dem ich dabei bin. Wir finden unsere Eltern und helfen uns dann gegenseitig dabei, sie davon zu überzeugen, dass sie den Verstand verloren haben.“

„Wenn du mit deiner Mutter sprichst, solltest du es vielleicht ein wenig anders formulieren.“

„Stimmt. Wenn sich Mom wie ein Teenager benimmt, wird sie sich sonst wahrscheinlich nur noch mehr ins Zeug legen, mir zu widersprechen.“ Angie warf ihre Serviette auf den Pappteller und lehnte sich auf ihrem Stuhl zurück. „Wenn wir ihnen heute Abend beim Karaoke begegnen, haben wir das Überraschungsmoment auf unserer Seite. Ansonsten können wir bis morgen warten und sie anrufen. Die Rezeption wird mir nicht die Zimmernummer meiner Mutter nennen, aber sie verbinden sicherlich meinen Anruf.“

„Ich denke, das Überraschungsmoment ist eine gute Taktik. Immerhin befinden wir uns auch nur deshalb auf diesem Schiff. Jetzt haben wir einen solideren Plan. Das Überraschungsmoment auf unserer Seite, und wir sind zu zweit. Es ist ein großes Schiff, aber wenn wir den Reiseplan für die Hochzeitsgäste mitverfolgen, werden wir sie früher oder später finden.“

„Und deshalb setzen wir unsere Jagd am besten gleich fort.“ Sie stand auf, nahm ihren Müll mit und warf ihn in einen nahe gelegenen Abfallbehälter. Sie konnte es schaffen. Sie musste einen Weg finden, ihre Mutter davon zu überzeugen, dass diese übereilte

Heirat ein kindischer Fehler war. Vielleicht war Dev genau der Hebel, den sie brauchte, oder es würde einfach nur mehr Spaß mit einem Mann machen, der sie ihren eigenen Namen vergessen ließ, wenn er sie küsste.

Der kleine Club auf dem Oberdeck bot sogar in der Nacht einen wunderbaren Meerblick. Dev bahnte sich einen Weg zwischen den verstreuten Tischen und Stühlen hindurch, bis er und Angie den mit rotem Seil abgetrennten Bereich sehen konnten. Ein weiteres Schild erinnerte die Gäste daran, dass dies eine private Veranstaltung war, die Gästen von Destiny's Reisehochzeiten vorbehalten war. Auf der anderen Seite des Samtseils saßen Angestellte der Kreuzfahrtlinie und von Destiny hinter einem Tisch zu beiden Seiten des Eingangs. Der Unterschied zur Willkommensparty bestand allerdings darin, dass das Personal heute Abend anscheinend genauer darauf achtete, wer die Berechtigung hatte, sich in dem abgetrennten Bereich aufzuhalten.

„Oh nein." Angie verlangsamte ihre Schritte. „Sieht so aus, als müssten wir diesmal tatsächlich etwas vorweisen, um reinzukommen."

„Möchtest du lieber hier draußen bei den Aufzügen warten? Sobald sie reingehen, können wir sie auch von hier aus sehen."

„Es sei denn, sie sind schon drinnen." Auf einmal kam Angie eine Idee, und sie schnippte mit den Fingern. „Moment mal, wenn sie die Namen auf einer Liste abhaken, müssen wir vielleicht nur den nennen, um reinzukommen. Meine Mom und ich tragen denselben Nachnamen. Vielleicht können wir uns so reinschleichen?“

„Mein Dad und ich haben auch denselben Nachnamen.“ Er sah sie an und hob herausfordernd eine Augenbraue. „Es gibt nur einen Weg herauszufinden, ob es funktioniert.“

„Lass es uns ausprobieren.“ Ihre Hand glitt in seine.

Er konnte fast hören, wie sie den Atem anhielt, als sie sich dem abgesperrten Bereich näherten. Hinter der Samtkordel wedelte eine lächelnde Frau mit braunen Haaren und offensichtlich sehr guter Laune mit einem Bleistift und tippte dann damit auf ein großes Ringbuch, das vor ihr auf einem kleinen Stehpult lag. „Hier drin sind alle Songs, die wir im Repertoire haben. Unterschreiben Sie hier mit Ihrem Namen und dem Namen Ihres Verlobten, teilen Sie uns mit, welches Lied Sie singen möchten, und wir benachrichtigen Sie, wenn Sie an der Reihe sind.“ Sie deutete auf eine Liste in einem aufgeschlagenen Hefter.

„Wir singen nicht“, sagte er, ohne Angie zu fragen.

„Wie schade“, sagte die Frau etwas ratlos. „Haben Sie die Info zum Abendprogramm nicht erhalten?“

Den Kopf zu schütteln war einfach. Es spielte keine Rolle, dass er die Anweisungen gar nicht hätte bekommen können.

Die Brünette griff in eine Tasche, die zu ihren Füßen stand, und zog eine Doppelseite daraus hervor. „Ich bin froh, dass ich die extra mitgebracht habe. Für diese Veranstaltung muss jedes Paar ein Lied auswählen und beim Karaoke singen. Das stärkt das Zusammengehörigkeitsgefühl.“

Von dort, wo er stand, konnte Dev einen Mitarbeiter der Kreuzfahrtgesellschaft zu einem anderen Mitarbeiter neben sich murmeln hören: „Oder es ist der letzte Strohhalm.“ Dev war geneigt, ihm zuzustimmen. Und Angies entsetztem Gesichtsausdruck nach zu urteilen, wollte sie das hier genauso wenig tun wie er.

Die Frau schob ihm das Buch mit den Songs zu. „Sie können den Ordner gerne mitnehmen und ihn sich anschauen; aber nehmen Sie sich am besten nicht allzu viel Zeit, so riesig ist die Auswahl an Liedern nicht, und wir erwarten heute Abend ziemlich viele Gäste."

Ohne dabei Angies Hand loszulassen, nahm Dev das Ringbuch entgegen und führte sie ein paar Stufen hinauf zu einem kleinen Tisch in einer Ecke mit Blick auf den Raum.

„Wie groß ist die Wahrscheinlichkeit, dass sie uns vergessen werden?" Angie ließ seine Hand los und glitt auf die halbmondförmige Sitzbank.

Er rutschte von der anderen Seite neben sie; als er sich umsah, stellte er fest, dass die Reihe an Paaren, die am Karaoke-Abend teilnehmen wollten, immer länger wurde länger wurde.

„Das ist absurd. Wer hat bitte entschieden, dass gemeinsames Singen – in der Öffentlichkeit – Paare einander näherbringt?"

„Ich nehme an, du kannst keinen Ton halten." Er verkniff sich ein Grinsen. „Ich sollte wohl dazusagen, dass mich das nicht stört. Ich glaube nicht, dass es eine Voraussetzung für Karaoke ist, wirklich singen zu können."

Sie schüttelte den Kopf. „Ich kann sogar ganz gut singen."

Irgendetwas an der lässigen Reaktion und der Art, wie sie Blick durch den Raum tanzen ließ, brachte ihn auf den Gedanken, dass das Problem eher nicht im Singen bestand.

„Ich bin hier, um meine Mutter zur Vernunft zu bringen, nicht um die Massen zu unterhalten."

Ein Kellner kam vorbei und legte jedem von ihnen eine Serviette hin. „Was kann ich Ihnen bringen?"

„Diet Coke, bitte", antwortete Angie, dann richtete

sie ihren Blick wieder auf den Eingang.

„Nur Eiswasser bitte." Bis jetzt hatte Dev noch keine Spur von seinem Dad gesehen, und langsam fragte er sich, ob einer ihrer Elternteile auftauchen würde, bevor sie doch noch Singen mussten. „Wir sollten wahrscheinlich zumindest so tun, als würden wir nach einem Lied suchen."

Ihre Finger bereits auf dem Ordner, nickte sie. Zwei Doofe, ein Gedanke. *So lange wie möglich versuchen hierzubleiben,* war auch der Gedanke gewesen, der ihr durch den Kopf gegangen war.

Die Brünette am Eingangstisch stand auf, drehte sich in einem nahezu perfekten Halbkreis und überblickte langsam die umstehende Menge.

Angie klopfte mit den Fingern auf die Tischplatte und schüttelte den Kopf. „Willst du wetten, dass sie nach den Liederbüchern sucht?"

„Lieber nicht." Nur zum Effekt, für den Fall, dass sie tatsächlich beobachtet wurden, blätterte er eine Seite zurück und dann wieder vor.

Der Kellner tauchte mit ihren Getränken auf, während Dev weiter durch die Seiten mit den Songtiteln blätterte, ohne sie wirklich zu lesen.

Angie ließ derweil den Eingang zur Lounge nicht aus den Augen, nahm einen großen Schluck von dem Getränk und stellte das hohe Glas wieder ab. „Wenn sie nicht hier ist, wo könnte sie dann sein?"

Dev beherrschte sich, nicht laut auszusprechen, was ihm bei ihrer Frage als Erstes in den Sinn kam. Irgendwie schien ihm Angie nicht der Typ zu sein, die sich gerne vorstellte, dass ihre Mutter und deren Begleitung vielleicht gerade ein wenig Zweisamkeit genossen. „Vielleicht genießt sie ein spätes, äh, Abendessen."

„Ich nehme es an." Sie ließ den Blick durch den Raum und wieder zurück wandern. „Irgendeine Spur von deinem Vater?“

Dev schüttelte den Kopf. Auch wenn er seine Aufmerksamkeit zwischen dem Buch mit den Songs, der niedlichen Art, auf die Angie an ihrer Unterlippe knabberte, während sie zum Eingang starrte, und der wachsenden Schar bald frisch Vermählter aufteilen musste, war er sich sicher, dass sein Vater und seine Begleitung bisher noch nicht hier waren. „Etwas sagt mir, dass dies eine lange Nacht werden könnte.“

Einer der uniformierten Crewmitglieder betrat die kleine Bühne. „Willkommen, liebe Destiny-Paare. Wir freuen uns sehr, dass Sie Ihr Hochzeitsabenteuer mit uns teilen.“

„Abenteuer?“, murmelte Angie. „Ich wusste gar nicht, dass Karaoke ein Abenteuer ist.“

Der Mann auf der Bühne fuhr fort: „Gibt es einen besseren Weg, ein Fundament für ein gemeinsames Leben aufzubauen, als vor anderen Verliebten zusammen zu singen?“

„Geht es noch ein bisschen kitschiger?“, grummelte Dev. Von wegen eine lange Nacht – wenn er seinen Vater nicht schnell davon überzeugen konnte, dass diese ganze spontane Hochzeitssache eine wirklich schlechte Idee war, würde diese ganze zuckerüberzogene Paarreise zu einer sehr langen Kreuzfahrt werden.

„Wenn Sie unserem Team noch nicht gesagt haben, welchen Song Sie ausgewählt haben, nehmen Sie sich bitte jetzt eine Minute Zeit und tragen Sie sich in die Liste ein. Ich bin sicher, Sie haben bemerkt, dass es bei den Entscheidungen des heutigen Abends allein um die Liebe geht. Bei unserem ersten Auftritt singen Alice und *Jeremy Don't Go Breaking My Heart*.“

Glücklicherweise konnten Alice und Jeremy den Ton halten. Trotzdem bestand kein Risiko, dass sie bald die Charts anführen würden, aber zumindest schmerzte das, was aus ihren Mündern kam, nicht in den Ohren. Mit dem zweiten Song hatten sie nicht so viel Glück. Dev erinnerte sich vage daran, das Lied als Kind in einem Film gehört zu haben, aber bei der Art und Weise, wie die beiden Interpreten auf der Bühne gurrten und mit den Wimpern klimperten und sich Wange an Wange schmiegten, bezweifelte er keine Minute, dass sie wirklich „So etwas Dummes wie ich liebe dich sagen würden", wie es im Songtext hieß.

Angie stieß einen tiefen Seufzer aus und schüttelte den Kopf. „Mom muss definitiv bis morgen warten. Auf keinen Fall stelle ich mich da vorne hin und mache mich komplett lächerlich, indem ich dich mit großen Kuhaugen anstarre." Auf einmal riss sie die Augen auf und drehte abrupt den Kopf in seine Richtung. „Ist natürlich nicht persönlich gemeint oder so."

Er brach fast in schallendes Gelächter aus. Für eine Sekunde hatte er geglaubt, sie hätte ihre Mutter entdeckt, doch nun wurde ihm klar, dass sie sich nur Sorgen gemacht hatte, dass sie seine Gefühle verletzt haben könnte. Die Vorstellung war sowohl einzigartig unterhaltsam als auch sehr liebenswert.

Eine weitere Gruppe von Paaren kam und ging, und Angies Blick huschte immer verzweifelter zum Eingang und zurück, gefolgt von einem heftigen Kopfschütteln.

Der Ansager kehrte auf die Bühne zurück. „Wenn Sie Probleme haben, einen Song auszuwählen: Unser Team ist ziemlich gut darin."

„Freut mich, dass es wenigstens irgendjemand ist", murmelte Angie und blickte wieder zur Tür.

„Also", fuhr der Mann fort, „wenn Sie an der Reihe sind und sich noch nicht entschieden haben, wird Ihnen ein Lied zugeteilt. Das macht jede Menge Spaß und hilft uns, hier rauszukommen, bevor der heutige Lounge-Act das Wort zurückerhält."

Die meisten Leute im Raum lachten mit dem

Mann, aber Angies Gesicht wurde aschfahl. „Wir bekommen eins zugeteilt?“, murmelte sie so leise, dass er sie kaum hörte.

„Alles in Ordnung?“

KAPITEL 6

Damit hatte Angie nicht gerechnet. Sie musste entweder schnell hier raus oder etwas viel Stärkeres als eine Diet Coke trinken. Andererseits waren die Erinnerungen an vier Heavenly Hazes und sehr unangenehme Kopfschmerzen am nächsten Morgen mehr als genug, um sie davon zu überzeugen, dass die einzige Lösung darin bestand, in ihre Kabine zu fliehen und eine ordentliche Mütze Schlaf zu bekommen. Die Hochzeit war in einer Woche. Sie konnte ihre Mutter auch noch morgen finden.

„Alles in Ordnung?", wiederholte er langsam.

Ihre Finger umklammerten die Tischkante. „Ich glaube, mir wird schlecht."

„Die Krankenstation verteilt Medikamente gegen Reisekrankheit. Oder solche Pflaster, wenn dir die lieber sind."

„Ich meine nicht die Art von Übelkeit."

Dev betrachtete sie etwas länger und ein wenig intensiver, als ihr lieb war. Die Wahrheit war, es brauchte nicht viel, dass sie sich unwohl fühlte. Nicht, dass sie schrecklich schüchtern gewesen wäre oder ähnliches, immerhin saß sie mit einem fast vollkommen Fremden am Tisch. Einem Fremden, dem sie die Schuhe vollkotzen würde, wenn sie ihre Nerven nicht unter Kontrolle bekam. Sie hatte sich einfach, vielleicht zu sehr, an die Einsamkeit gewöhnt, von zu Hause aus zu arbeiten.

„Geht es ums Singen?" fragte er überrascht.

Sie nickte. Auch wenn es vielmehr das Publikum beim Singen war, dass die Übelkeit auslöste.

„Nachdem ich dieser extrem unangenehmen Interpretation von *Ain't No Mountain High Enough* gelauscht und den enthusiastischen Applaus gehört habe, kann ich mit Sicherheit sagen, dass dies keine sehr anspruchsvollen Zuschauer sind."

„Das hilft leider nicht." Diesmal schüttelte sie heftig den Kopf von einer Seite zur anderen. Manchmal war Logik völlig irrelevant. „Ich kann das nicht."

„Okay."

Einfach *okay*. Das war alles, was er zu sagen hatte? Kein überzeugendes Gegenargument? Keine dezente Ermahnung, dass sie sich zu sehr aufregte? Keine Analyse? Sie musterte sein Gesicht. Es war ein nettes Gesicht. Ein attraktives. Sie fragte sich, warum ihr das bisher noch nicht aufgefallen war, aber jetzt, wo sie ihn richtig ansah, stellte sie fest, dass es definitiv ein *sehr* attraktives Gesicht war. Und wenn sie sich entspannte und genauer darüber nachdachte, auch ein freundliches Gesicht. Ein Gesicht, das nichts dagegen zu haben schien, vor einem großen Publikum zu singen.

Sie holte tief Luft, atmete langsam wieder aus und zwang ihre Nerven dazu, sich wieder zu beruhigen. „Es war in der ersten Klasse auf der Highschool."

Dev beugte sich interessiert vor und nickte, sagte aber kein Wort.

„Genau wie alle anderen Kinder in meiner Klasse landete jeder, der sich für das Schulstück anmeldete, im Background-Chor. Eigentlich war es kaum ein erwähnenswerter Vorteil, tatsächlich singen zu können." Sie hielt den Blick auf ihre Finger gerichtet, mit denen sie den Strohhalm in ihrem Getränk drehte. „In diesem ersten Jahr haben wir das Stück *Anything*

Goes einstudiert. Ich musste sogar Stepptanz lernen." Sie lächelte. „Und ich war ziemlich gut darin."

„Glaube ich sofort."

Sie hob den Blick, um seinem zu begegnen. Für den Bruchteil einer Sekunde hätte sie beinahe vergessen, wem sie diese Geschichte erzählte. Sie machte sich nicht die Mühe, sich zu fragen, warum, sondern redete einfach weiter. „Wir hatten viel Spaß, also habe ich es im darauffolgenden Jahr noch einmal probiert. Ich liebte alles an dem Stück, und ich durfte sogar ein paar Zeilen sagen. In meinem Juniorjahr war ich schon richtig routiniert und hatte eine etwas größere Rolle in *Grease*. Keine Soli oder so, aber ich fühlte mich auf der Bühne wie zu Hause. Inzwischen wusste so ziemlich jeder, dass ich in der Lage war, die richtigen Töne zu treffen, und viele Leute sagten mir, dass ich eine bessere Sandy abgegeben hätte als Mary Ellen Zondervan. Ehrlich gesagt habe ich ihnen im Grunde zugestimmt. Und ich wurde so selbstbewusst, dass ich mich um die Rolle der Belle bemüht habe, als die Schule ankündigte, dass sie *Beauty and the Beast* in unserem Abschlussjahr inszenieren würden." Sie wagte es aufzublicken, um sein zustimmendes Nicken zu sehen. „Eigentlich war es ziemlich witzig. Einer der Lehrer, der sich normalerweise nicht von seinem Platz wegbewegt hat, während er den Schülern beim Vorsingen zugehört hat, ist ständig im Kreis um mich rumgelaufen, als ob er dachte, ich hätte vielleicht ein Abspielgerät in der Tasche versteckt oder so."

„Du kannst also wirklich singen." Es war keine Frage.

„Besser als gedacht zumindest. Ich bekam die Rolle." Sie konnte an seinem fragenden Gesichtsausdruck erkennen, dass er keine Ahnung hatte, wohin diese Geschichte führen würde. Sie wünschte nur, sie wüsste es genauso wenig. „Ich habe die Kostüme geliebt. Einige der schnellen Outfit-Wechsel waren recht schwierig, aber alle Proberunden liefen super."

„So weit, so gut."

„Ja. Alles war perfekt. Bis zu dem Moment, als ich mich allein auf der Bühne wiederfand, das Scheinwerferlicht auf mich gerichtet, ich den Mund öffnete und", sie atmete tief ein, „nichts herauskam."

„Nichts?"

„Kein Geräusch. Kein Quietschen, kein Wimmern, kein Ton. Nichts. Als der Rest der Besetzung feststellte, dass etwas nicht stimmte, kam der Junge, der Gaston spielte, auf die Bühne und improvisierte etwas, um nah genug an mich heranzukommen. Dann fragte er mich, was los sei, und mein Mund bewegte sich, aber es kam immer noch nichts heraus. Ich konnte einfach nicht sprechen. Was bedeutete, dass der Vorhang heruntergelassen werden musste; und als unser Mathelehrer, der Konrektor, angerannt kam, konnte ich auch nicht mit ihm sprechen. Es war der Junge, der Gaston spielte, der ihm gesagt hat, dass ich meine Stimme verloren hätte. Eines der anderen Kinder sprang für mich ein, und ich ging nach Hause – wo ich über eine Woche lang blieb."

„Du hast es nicht noch mal bei der Aufführung am nächsten Abend probiert?"

Eine berechtigte Frage. Sie schüttelte den Kopf. „Es hatte keinen Sinn. Meine Stimme blieb praktischerweise bis zum Morgen nach der letzten Vorstellung verschwunden."

„Das tut mir leid."

„Nicht so leid wie mir. Ich habe alle im Stich gelassen."

„Das andere Mädchen war nicht gut in der Rolle?"

Angie zuckte mit den Schultern. „Gut genug, aber es war weder ihr noch sonst jemandem gegenüber fair, dass ich einfach wegblieb. Ich habe alle im Stich gelassen."

„Das hast du bereits gesagt. Und nur fürs Protokoll: ich bin anderer Meinung.“

„Ich glaube weder an falsche Bescheidenheit noch daran, Versagen unter den Tisch zu kehren oder auch nur zu verschleiern. Ich habe es vermasselt. Ich habe eindeutig Angst davor, vor großen Menschenmengen zu singen. Und das hier“, sie beschrieb eine Geste, mit der sie die Lounge einschloss, „ist definitiv eine Menschenmenge.“

„Aber wahrscheinlich sind es weniger Leute, als in die Aula deiner Highschool gepasst haben.“ In seiner Stimme lag ein wenig Unsicherheit. Natürlich war es nur eine Vermutung, die er da anstellte.

„Darauf würde ich nicht setzen.“ Sie trank den letzten Schluck ihrer Cola.

„Diese Sache mit dem Singen ist dumm. Du solltest das nicht tun müssen.“

Ein anderer Kellner kam mit einem Tablett mit verschiedenen Getränken vorbei, und auf einmal kam ihr der absurde Gedanke, ihn nach einem Chianti zu fragen.

Dev beäugte einen weiteren sich nähernden Kellner. „Möchtest du einen Cocktail? Ich glaube, der Kellner sagte, das hier sei ein Bailey's Banana Colada. Ein kleiner Drink könnte dir helfen, der Aussicht aufs Singen ein wenig den Schrecken zu nehmen und später besser zu schlafen. Dann kannst du dich morgen gut ausgeruht darauf konzentrieren, deine Mutter auf die Hochzeit anzusprechen.“

Ihr Verstand sagte nein, ihr Kopf drehte sich langsam von einer Seite zur anderen, aber als sie den Mund öffnete, kamen die Worte „Ich nehme an, ein BBC kann nicht schaden“ heraus. Das Nächste, was sie realisierte, war, dass sie die Hälfte des leckeren Cocktails ausgetrunken hatte – nur dass ihre Nerven nach wie vor verrückt spielten. Und ihre Mutter war auch noch nicht gekommen. Ein junges Paar schmetterte ein weiteres kreischend lautes „ah-ha" am Ende eines Refrains, noch schiefer als das vorhergehende, und das Publikum reagierte mit donnerndem Applaus und Jubel. Entweder hatte Dev absolut Recht, und das Publikum war nicht sehr anspruchsvoll, oder der fast leere BBC lockerte tatsächlich ihre Einstellung. Sie war fast versucht, einen weiteren Cocktail zu bestellen, als ihr gesunder Menschenverstand energisch den Kopf schüttelte. Ein Drink würde niemandem schaden und zwei vielleicht auch nicht, aber sie wollte diese Theorie nicht ausreizen. Nicht noch einmal.

Einer der Mitarbeiter näherte sich dem Tisch und griff nach dem Buch mit den Songs. „Haben Sie sich bereits für ein Lied entschieden?"

Angie schüttelte mit der Inbrunst eines glücklichen Hundes, der mit dem Schwanz wedelte, den Kopf, aber genau wie an jenem Abend vor Jahren auf der Bühne kamen keine Worte aus ihrem Mund.

„Ich fürchte, das haben wir nicht." Dev reichte dem Mann den Hefter.

„Kein Problem." Der Typ klemmte ihn sich unter den Arm und wischte über sein Tablet. „Wie ist denn bitte Ihr Name?"

Wenn Angie sich nicht sicher gewesen wäre, damit noch mehr Aufmerksamkeit auf sich zu lenken, wäre sie vom Sitz und unter den Tisch gerutscht. Ging es dem Typ tatsächlich darum rauszufinden, welchen Song sie singen würden, oder darum zu checken, ob sie überhaupt Teil der Hochzeitsreisegesellschaft waren?

„Miller." Dev ließ seine Hand vom Tisch auf Angies Hand gleiten und drückte sie. „Aber meine Verlobte möchte nicht …"

„Ah, da haben wir Sie ja", unterbrach ihn der Typ, nachdem er die Anmeldeliste überflogen hatte. „Wir können sehr gerne ein Lied für Sie auswählen. Das tun wir ständig. Außerdem eilt es, Sie sind nämlich als Nächste dran.“

Bevor Dev noch ein Wort darüber sagen konnte, dass Angie nicht singen wollte, eilte der Typ mit dem Song-Buch davon und winkte einen Kollegen zu sich.

Diesmal überlegte Angie ernsthaft, unter den Tisch zu rutschen. Sie wollte das nicht tun müssen.

Wenn es eine Farbe gab, die blasser als Weiß war, dann war es Angies Hautton. Dev hatte noch nie gesehen, wie die Farbe buchstäblich aus dem Gesicht einer Person wich.

„Ich bin mir sicher, sobald ich rübergehe und denen erkläre, dass wir früher aufbrechen wollen, wird alles gut.“ Große blaue Augen starrten ihn ausdruckslos an, und er fragte sich, ob sie vielleicht gleich ohnmächtig werden würde. „Angie?“

Sie blinzelte. „Ich bin total bescheuert, nicht wahr?“

Das war nicht das, was er erwartet hatte, zu hören. „Ich würde nicht …“

„Du bist natürlich viel zu nett, um das zu bestätigen. Die Highschoolzeit liegt lange zurück, und ich sollte in der Lage sein, dort auf der Bühne zu stehen und vor ein paar Leuten ein paar Töne zu singen.“

Er wollte ihr nicht widersprechen, aber er war sich ziemlich sicher, dass die Menge, die sich hier heute Abend versammelt hatte, von niemandem als „ein paar Leute“ bezeichnet worden wäre.

„Ich sollte es tun.“

Es war fraglich, ob sie sich selbst dazu überredete oder versuchte, ihn zu überzeugen. Wie auch immer, er war sich nicht sicher, ob es eine gute Idee war. „Wir können nicht das erste Paar sein, das nicht singt."

„Ich bin mir sicher, dass wir nicht die Ersten sind. Aber ich bin mir auch ziemlich sicher, dass wir die einzigen Leute sind, die sich jemals auf eine dieser Veranstaltungen geschlichen haben – um genau zu sein auf zwei heute Abend –, um ihre verrückten Eltern zu finden und deren Partner als mögliche Betrüger zu entlarven, die einsame alte Menschen ausnutzen."

Wenn sie es so ausdrückte, wäre es vielleicht nicht in ihrem besten Interesse, Aufmerksamkeit auf sich zu ziehen. Andererseits wäre es auch nicht gerade unauffällig, wenn sie auf der Bühne zur Salzsäule gefror – oder, schlimmer noch, ohnmächtig wurde.

„Ich weiß nicht."

Sie griff erneut nach seiner Hand und drückte sie. „Lass es uns machen."

Diese Frau steckte voller Überraschungen. Oder Verrücktheiten. Das letzte „ah-ha" scholl durch die Lounge, und zwar so schief, dass Dolly und Kenny zusammengezuckt wären. Dann kam der Ansager auf die Bühne und spielte Seilspringen mit dem Mikrofonkabel. Wenn sie großes Glück hatten, würde der Typ vielleicht stolpern und damit genug Aufruhr verursachen, dass der Karaoke-Abend ein abruptes Ende finden würde. Nur dass Devs Chancen, im Lotto zu gewinnen, wahrscheinlich höher standen.

Die Hände immer noch verschlungen, ihr Griff fast fest genug, um seine Blutzirkulation zu unterbrechen, bahnten sie sich ihren Weg Richtung Bühne, während ihre Namen im Raum widerhallten. Dieselben Leute, die bisher jedes Paar aufgeregt angefeuert hatten, unabhängig von ihrem Können, applaudierten auch ihnen lautstark.

Wenn Angie noch langsamer auf die kleine Bühne zusteuern würde, müsste sie schon rückwärts gehen. Er senkte den Kopf, sodass sein Mund nur wenige

Zentimeter von ihrem Ohr entfernt war, und flüsterte: „Bist du dir ganz sicher?"

Sie sagte kein Wort, kniff nur die Augen fest zusammen. Das würde nicht schön werden.

Der Bildschirm wurde eingeschaltet, und die Musik begann zu spielen. Die Menge erkannte die Melodie ein paar Sekunden vor ihm. Jemand pfiff laut, ein anderer johlte, und die Energie im Raum stieg. Es gab wahrscheinlich keine Generation von Musikliebhabern, die diese Melodie nicht kannte. Die ersten Zeilen waren sein Part, vielleicht würde Angie das ein wenig beruhigen. Er drückte erneut ihre Hand, aber sie regte sich nicht. Für einen Rückzieher war es jetzt allerdings zu spät.

Als die ersten Wörter auf dem Bildschirm erschienen, beugte er sich leicht zum Mikrofon vor und begann zu singen. „I've got chills ..." Er spürte, wie Angie einen Zentimeter nach vorne trat, und hoffte, dass dies ein gutes Zeichen war. Als er „electrifying" sang, bemerkte er, dass Angie verständnislos in die Menge starrte, und wieder lehnte er sich an ihre Seite und flüsterte leise: „Schließ deine Augen."

Sofort senkte sie die Lider. Er drückte erneut ihre Hand, und ohne auf den Bildschirm zu schauen, sang sie kaum hörbar: „You better shape up." Es war kaum ein Flüstern. Obwohl es keine Rolle zu spielen schien, saß die Menge bereits auf den Stuhlkanten, und als der Refrain erklang, sangen alle mit. Er nahm an, dass diejenigen, die praktisch auf ihren Sitzen tanzten, wahrscheinlich in ihre eigene Highschool-Zeit zurückversetzt worden waren, als der Film im Kino gelaufen war.

Die Taktverschiebung signalisierte das Ende des Refrains, und zu seiner Überraschung spürte er, wie Angies Hand aus seiner glitt. Im Geiste wappnete er sich dafür, entweder Falsett zu singen, falls sie von der

Bühne rennen sollte, oder seine eingerosteten Wiederbeatmungs-Fähigkeiten aus seiner Zeit als Rettungsschwimmer einzusetzen. Stattdessen, immer noch ihm statt dem Publikum zugewandt, die Augen immer noch geschlossen, die Füße wie auf der Bühne festgeklebt, streckte sie ihre Finger in seine Richtung. Und erst als sie das Wort „affection" aussprach, bemerkte er, dass sie nicht mehr flüsterte, sondern tatsächlich sang. Nicht übertrieben laut, aber zumindest konnte die Menge sie hören. Und sie liebten ihre kleine Reise in die Vergangenheit. Das oder die Tatsache, dass er und Angie wahrscheinlich das erste Paar waren, das tatsächlich alle Töne traf.

Er hatte seine nächste Zeile mit etwas mehr Betonung gesungen als zuvor und wurde belohnt, als sie die Augen öffnete und einen halben Schritt von ihm wegtrat, nur um ihn dann mit der Schulter anzustoßen, bevor sie augenzwinkernd die nächste scherzhafte Zeile schmetterte. Er hatte keine Ahnung, wohin die bühnenscheue Frau, mit der er eben noch dort drüben gesessen hatte, verschwunden war, aber diese Frau hier hatte es drauf. Sie rockte die Bühne. Anscheinend hatten all diese Leute in ihrer Highschool Recht gehabt – sie war eine großartige Sandy.

Nachdem das letzte „oo hoo hoo" verklungen war, sprang das Publikum auf, applaudierte, johlte und brüllte, und wieder hielten er und Angie sich an den Händen und verbeugten sich. Zu Devs Überraschung grinste sie breit, und ihre Wangen waren auf angenehme Weise gerötet, statt blass zu sein wie bei jemandem, der gleich umkippen würde.

„ Du warst großartig", raunte er ihr über die immer noch jubelnde Menge hinweg zu. „Ein paarmal hätte ich fast vergessen, meinen Part zu singen."

„Vielen Dank. Ehrlich gesagt bin ich etwas fassungslos."

Er würde es nicht erwähnen, aber das war er ebenfalls.

Er ließ sich auf den Platz neben ihr gleiten, griff nach einem Glas Wasser und trank es in einem sehr langen Zug aus. „Ich schätze, wir hatten Glück, dass sie einen Song ausgewählt haben, bei dem man nicht ständig auf den Teleprompter starren muss, weil man den Text ohnehin auswendig kennt.“

Sie hatte die Lippen gerade noch fest zusammengepresst, aber nun zeigte sich die Andeutung eines Lächelns darauf, das bald zu einem ausgewachsenen Grinsen wurde. „Ich habe es geschafft, oder?“

„Du hast es geschafft.“ Er lächelte sie an. „Und wie.“

Sie nahm ihr Wasserglas und trank rasch einen Schluck, dann hob sie es zu einem Trinkspruch. „Auf Mary Ellen Zondervan.“

„Auf Mary Ellen.“ Er hob ebenfalls sein Glas.

Diese Frau war definitiv unberechenbar. Wenn er seinem Vater schnell den Kopf zurechtrücken könnte und sie das Gleiche bei ihrer Mutter schaffte, wäre diese Reise vielleicht doch nicht so schlimm, wie zuerst angenommen.

KAPITEL 7

Angie trank einen großen Schluck Wasser. „Ich wünschte, Mom wäre hier gewesen, um mich zu sehen. Sie wird es nicht glauben.“

„Doch, ich glaube es.“

Gut, dass Angie keinen weiteren Schluck getrunken hatte, sonst hätte sie das Wasser in diesem Moment über den Tisch gespuckt. „Mom!“

Julia Cannon tippte mit verschränkten Armen dramatisch mit dem Fuß auf den Boden. „Und was machst du hier, wenn ich fragen darf?“

Angie sah über die Schulter ihrer Mutter. Sie schien allein zu sein. Konnte Angie so viel Glück haben, dass sie und ihr Verlobter sich bereits gestritten hatten und zur Besinnung gekommen waren?

„Wo ist Wie-war-noch-mal-sein-Name?“

„Nicht, dass es dich etwas angeht, aber er ist los, um mir etwas gegen meine Kopfschmerzen zu besorgen. Ich war gerade auf dem Weg zu meiner Kabine, um mich hinzulegen, als ich den Gesang gehört habe. Er hat mich hergezogen.“ Sie sah ihre Tochter an. „Und jetzt bist du dran.“

Obwohl Angie erwartet hatte, dieses Gespräch mit ihrer Mutter zu führen, fühlte es sich in diesem Moment an, als wäre sie selbst wieder zehn Jahre alt und hätte gerade die gute Stoffschere ihrer Mutter benutzt, um Bastelpapier zu schneiden. Was Angie so ratlos wie eben jenes zehnjähriges Ich zurückließ, was eine passende Erklärung anging.

Ihre Mutter schüttelte leicht den Kopf und atmete langsam aus, was viel mehr darüber aussagte, was sie davon hielt, hier ihrer Tochter über den Weg zu laufen, als es Worte jemals gekonnt hätten. „Während du dir einen guten Grund einfallen lässt, warum du mir nicht gesagt hast, dass du ebenfalls an dieser Kreuzfahrt teilnimmst", die Miene ihrer Mutter wurde weicher und ihre Mundwinkel neigten sich ein winziges bisschen nach oben, um die leiseste Andeutung eines Lächelns zu erkennen, „möchte ich dir sagen, dass du fantastisch gesungen hast. Besser als fantastisch. Du warst absolut umwerfend!"

Angie hatte den Eindruck, über ein gesundes Maß an Selbstwertgefühl zu verfügen. Sie war in allem immer durchschnittlich gewesen, hatte gut in der Schule abgeschnitten, verdiente ihren Lebensunterhalt und war mit guten Freunden gesegnet, aber all das spielte keine Rolle, wenn sie auf einer Bühne im Scheinwerferlicht vor einem Raum voller Fremder stand. Das Lob von ihrer Mutter zu hören, fühlte sich gut an. Wirklich gut.

„Denkst du das wirklich? Ich habe nicht lächerlich gewirkt?"

Der Hauch eines Lächelns verwandelte sich in ein ausgewachsenes Grinsen. Der vertraute Glanz von Stolz, den Angie als Kind so oft in den Augen ihrer Eltern gesehen hatte, leuchtete hell auf. „Oh Schatz, natürlich denke ich das wirklich."

„Ich hab's dir doch gesagt." Dev setzte ein freches Grinsen auf, das sie tatsächlich zum Kichern brachte.

„Danke euch beiden." Angie war sich nicht sicher, ob sie den Mut aufbringen würde, es noch einmal zu versuchen, aber es fühlte sich gut an, diesen lang zurückliegenden Misserfolg tatsächlich hinter sich gelassen zu haben.

„Also", ihre Mutter deutete auf Dev, „willst du mir wenigstens verraten, wer dieser junge Mann ist?"

„Oh, tut mir leid." Angie setzte sich aufrechter hin. „Mom, das ist Dev." Sie deutete von einem zum anderen. „Dev, das ist meine Mutter, Julia."

Ihre Mutter nickte ihm zu. „Schön, Sie kennenzulernen."

„Freut mich ebenfalls."

„Also", ihre Mutter drehte sich um und richtete ihren stählernen Blick erneut auf Angie. „Was soll das alles?"

Dev neigte seinen Kopf und hob die Augenbrauen in einer stummen Geste, die deutlich aussagte: *Der Ball liegt in deinem Feld.*

„Ich bin wegen dir hier, Mom. Warum setzt du dich nicht zu uns?"

Dev machte Anstalten aufzustehen. „Ich könnte …"

Mit erhobener Hand unterbrach Angie ihn. „Bitte bleib. Ich könnte eine rationale Perspektive gebrauchen."

„Da kann ich nicht widersprechen", murmelte Angies Mutter und setzte sich neben sie auf einen Stuhl. „Ich fürchte, wenn du meine Trauzeugin sein willst, wird das nicht möglich sein. Ich habe dir doch schon erklärt, dass die Paare weder Gäste noch eigene Trauzeugen mitbringen dürfen. Die Gruppe ist einfach zu groß. Vielleicht finden wir einen Aussichtspunkt in der Nähe, von dem aus du zumindest zuschauen kannst."

„Ich bin nicht hier, um deine Trauzeugin zu spielen, Mom. Obwohl ich mich normalerweise – das nur fürs Protokoll – geehrt fühlen würde, diese Aufgabe zu übernehmen. Ich bin hier, weil ich einfach nicht glauben kann, dass du es ernst damit meinst, einen Mann zu heiraten, den du erst seit ein paar Wochen kennst."

„Hast du noch nie etwas von Liebe auf den ersten Blick gehört?“

„Im Ernst, Mom!“

„Oh Schatz, ich wusste in dem Moment, in dem dein Vater über meine Handtasche gestolpert ist, nur um dann über seine eigenen Worte zu stolpern, während er sich für etwas entschuldigte, das eindeutig meine Schuld war, dass er der Richtige für mich ist. Wenn man erwachsen ist, braucht man nicht viel Zeit, um rauszufinden, was man will und was nicht. In meinem Alter habe ich keine Zeit zu verlieren.“

„Ich wünschte, du würdest aufhören, ständig ‚in meinem Alter‘ zu sagen. Du bist noch nicht so alt.“

„Warte, bis du mein … nun, du weißt schon.“

„Mom.“ Angie wollte nicht jammern, aber die Frustration siegte und der weinerliche Teenager in ihr brach sich ganz einfach Bahn. „Wir reden hier nicht von einem Dinner-Date. Es geht um eine Ehe. Etwas, das trotz bester Absichten und jahrelangen Datings für über die Hälfte der Bevölkerung am Ende schiefgeht. Mit gerade mal zwei Wochen Vorlauf hat die Sache keine Chance.“

„Es tut mir leid, dich darauf hinweisen zu müssen,“ ihre Mutter legte sanft ihre Hand auf Angies, „aber es liegt an mir, diese Chance zu ergreifen. Nicht an dir.“

Angie lehnte sich auf ihrem Stuhl zurück, seufzte und widerstand dem Drang, sich in den Nasenrücken zu kneifen, um ihre eigenen Kopfschmerzen abzuwehren. Dann lächelte sie Dev an. „Vielleicht hört sie auf dich, wenn du ihr erklärst, warum es nicht gut ist, wenn sie einen Mann heiratet, den sie erst seit zwei Wochen kennt. Wenn du ihr sagst, dass sie etwas Besseres verdient.“

Dev räusperte sich und beugte sich vor. „Ich weiß, dass mich das wirklich nichts angeht.“

„Stimmt“, sagte ihre Mutter höflich. Streng, aber höflich.

„Aber ich muss zugeben, ich verstehe, was Ihre Tochter antreibt. Ich weiß, dass ich über weniger Lebenserfahrung verfüge als Sie und dass Ihre Instinkte vielleicht besser funktionieren als meine, aber das ändert nichts am Risiko."

„Zumindest stimmen Sie mir zu, dass ich gute Instinkte habe."

Er lächelte, betonte aber nicht zusätzlich, dass er das gesagt hatte. Angie verbuchte ihm dafür extra Diplomatiepunkte. „Haben Sie denn schon über andere mögliche Probleme nachgedacht, die auftauchen könnten? Wie viel wissen Sie über die finanzielle Lage dieses Mannes? Sucht er nur jemanden, mit dem er umsonst eine Kreuzfahrt unternehmen kann? Hat er Schulden, von denen er erwartet, dass seine neue Frau sie für ihn tilgt? Hat er eine versteckte Sucht: Glücksspiel, Frauen", Dev hob vielsagend eine Augenbraue, „vielleicht sogar Drogen? Es ist nicht ungewöhnlich, dass Menschen süchtig nach verschreibungspflichtigen Medikamenten sind."

In den Sekunden, in denen ihre Mutter scheinbar innehielt und über seine Worte nachdachte, wollte Angie ihm am liebsten auf den Rücken klopfen und ihn anfeuern. Das waren alles sehr gute Argumente. Und ein allzu reales Risikopotenzial für ein miserables Ende dieser Beziehung.

„Er weiß, dass ich keine Reichtümer besitze. Ich habe meine Ersparnisse, die ausreichen, aber nicht unglaublich üppig sind. Und bei ihm ist es genauso."

„Wer hat diese Reise bezahlt?", fragte Dev.

„Wir kommen beide für unsere eigenen Kosten auf." Die Schultern ihrer Mutter strafften sich und sie stieß sich vom Tisch ab, um aufzustehen. „Ich weiß eure Besorgnis zu schätzen."

„Ich liebe dich, Mom, aber Dev hat recht. Es gibt so viele rote Flaggen, die zu beachten sind und über die wir noch nicht einmal begonnen haben zu sprechen.“

Ihre Mutter tätschelte erneut die Hand ihrer Tochter. „Ich weiß, dass du mich liebst. Aber meine Kopfschmerzen werden schlimmer, und ich würde mich wirklich gerne hinlegen, damit ich die morgigen Aktivitäten nicht verpasse. Wenn du bereit bist, dir weitere Lektionen zu sparen, dann komm doch gerne morgen früh mit uns frühstücken. Das Buffet startet um acht. Ich weiß, du machst dir Sorgen, aber es wird alles gut. Das verspreche ich dir.“

„Mom.“

„Wirklich, Liebling.“ Ihre Mutter warf ihr eine Kusshand zu, winkte Dev und schlenderte so unbeeindruckt und sorgenfrei aus der Lounge, als würde sie zu einem ganz gewöhnlichen Nachmittagsspaziergang aufbrechen.

Das Überraschungsmoment war ins Spiel gekommen, aber nicht zu ihren Gunsten, und dass sie zu zweit gewesen waren, hatte ihnen auch nicht geholfen. Was bedeutete, dass sie sich einen neuen und brillanten Plan ausdenken musste, um ihre Mutter dazu zu bringen, endlich wieder klar zu sehen. Wenn sie nur gewusst hätte wie.

„Sie klingt wie mein Vater.“ Dev sah Angies Mutter nach, als sie davonging. Selbst müde stand die Frau immer noch sehr aufrecht da. In dem stählernen Blick, der jedem seiner Worte gefolgt war, hatte kein Hauch von Verwirrung oder Zweifel gelegen. Irgendetwas sagte ihm, dass sie all die von ihm aufgezählten Möglichkeiten bereits selbst in Betracht gezogen hatte. Und wahrscheinlich noch ein paar mehr.

„Inwiefern?“

„Überzeugt, dass das Leben und die Liebe trotz aller Widrigkeiten einen märchenhaften Ausgang nehmen werden." Er hatte all diese Argumente auch seinem Vater gegenüber erwähnt, und er war genauso stur gewesen. Ein Stich des Bedauerns, dass die Seifenblase seines Vaters geplatzt war, durchzuckte ihn. So musste sich Elternschaft anfühlen. Langfristig das Beste für das Kind zu wollen, auch wenn es bedeutete, dass es in diesem Augenblick zuerst unglücklich war. Er hätte seiner Mutter öfter danken sollen.

„Zwei Wochen sind einfach nicht lang genug. Meine Mutter mag sich am ersten Tag in Dad verliebt haben, aber sie waren vor seinem Heiratsantrag schon ein ganzes Jahr zusammen. Und bis zur Hochzeit hat es dann auch noch mal sechs Monate gedauert."

Wenn sich sein Vater nur ein Jahr Zeit nehmen würde, um die Frau besser kennenzulernen. Sogar ein paar weitere Monate würden ausreichen, um zumindest einen Ehevertrag vorzubereiten, falls sein Vater vor der Hochzeit nicht von selbst darauf kam, dass er sich ins Unglück stürzte. Aber so blieb einfach keine Zeit für Vorsichtsmaßnahmen.

Dev wandte sich an seine Komplizin. „Also, was ist jetzt dein Plan?"

„Ich beginne mit dem Frühstück. Erst mal muss ich diesen Typen kennenlernen. So viel über ihn herausfinden, wie ich kann. Anschließend überlege ich mir eine bessere Strategie."

„Bessere?"

„Etwas Besseres als das Gespräch, das wir gerade geführt haben." Sie nahm den letzten Schluck Wasser und stellte das leere Glas an den Rand des Tisches, damit ein vorbeigehender Kellner es auffüllen konnte, dann drehte sie sich zu Dev um. „Und du?"

„Das kurze Gespräch mit deiner Mutter war ein

bisschen wie ein Augenöffner. Wenn mein Dad genauso schwer zu überzeugen ist wie deine Mom, brauche ich einen starken Kaffee, bevor ich mich ihm und Goldie stelle.“

„Goldie?“

„Die Goldgräberin.“

„Na sicher.“ Sie verkniff sich ein Lächeln.

„Angenommen, mein Vater und Goldie halten sich wie deine Mutter und ihr Freund genau an den Zeitplan, dann beginnt die erste Aktivität morgen um neun Uhr. Das gibt mir genug Zeit für meine Koffein-Infusion, bevor ich Dad anrufe.“

„Daran hatte ich gar nicht gedacht. Vielleicht sollte ich auch erst mal einen Kaffee trinken, bevor ich mich mit Mom treffe.“

„Wenn du Verstärkung brauchst?“ Er ließ die Worte fragend in der Luft hängen.

Bisher hatten sie sich heute gegenseitig geholfen, sich auf irgendwelche Events zu schmuggeln, zu denen sie eigentlich nicht eingeladen gewesen waren, sie hatten sich hinter einem köstlichen Kuss versteckt, zusammen die Bühne erobert und sich zusammengetan, um ihre Mutter zu bekehren. Der einzige Fehler des Tages war letztere Tat gewesen, aber morgen würde es keinen Grund mehr geben, sich einzuschmuggeln, zu verstecken oder zu konspirieren. Es wäre nicht mehr nötig. Schade eigentlich. Er hatte keine seiner wenigen sozialen Interaktionen in seiner jüngsten Vergangenheit so sehr genossen wie diese wenigen Minuten auf der Bühne mit Angie.

„Wenn du dich freiwillig meldest, um mich noch mal zu unterstützen, sage ich nicht Nein. Meine Mutter davon zu überzeugen, auf die Vernunft zu hören, wird nicht einfach.“

„Betrachte mich als deinen ehrenamtlichen Helfer. Sollen wir uns um … sagen wir, um halb acht am

Buffet treffen?"

„Gerne. In diesem Sinne …" Sie erhob sich von ihrem Stuhl. „Ich habe das Gefühl, dass morgen ein langer Tag wird und ich viel Schlaf brauchen werde, um ihn zu überstehen."

Dev stand ebenfalls auf. „Ja, für mich war es heute auch ein langer Tag. Ein bisschen Schlaf zu bekommen, klingt verlockend." Nur schade, dass ihm ein gewisses Bauchgefühl sagte, dass er heute Nacht vermutlich nicht leicht in den Schlaf finden würde.

KAPITEL 8

Seit sie von zu Hause aus arbeitete, stand Angie jeden Morgen um sechs Uhr auf. Egal, ob es Sommerzeit war und draußen bereits hell oder noch stockdunkel, um Punkt sechs war sie auf den Beinen und startklar. Als an diesem Morgen um sieben der Wecker klingelte, sprang sie deswegen quasi bereits hellwach aus dem Bett.

Um Punkt sieben Uhr siebenundzwanzig stieg sie auf dem Oberdeck aus dem Fahrstuhl. Hier befanden sich sowohl das Buffetrestaurant als auch der Pool, an dem die Aktivitäten stattfanden. Sie hatte es geschafft zu duschen, sich anzuziehen und zu frisieren, den Scharen hungriger Passagiere auf dem Weg zum Frühstück zu trotzen und in fast der Hälfte der Zeit, die sie normalerweise brauchte, um sich fertig zu machen, an ihrem geplanten Treffpunkt anzukommen.

„Guten Morgen." Der Klang von Devs heiserer Morgenstimme jagte ihr Schauer über die Arme.

„Wenn du es sagst."

„Harte Nacht?" Er gluckste.

Sie schüttelte den Kopf und trat auf eine Doppeltür zu. „Verschlafen. Sich zu beeilen, bedeutet nie einen guten Start in den Tag."

„Stimmt." Dev schnappte sich ein Tablett und sah sich in dem riesigen Raum mit den deckenhohen Fenstern um. „Kein Wunder, dass Menschen im Urlaub zunehmen."

Angie folgte seinem Blick und musste ihm zustimmen. Sie hatte bereits mehrere Stationen entdeckt, die viel zu verlockend waren, um ihnen zu widerstehen. „Ich glaube, da gibt es ein Omelette mit Spinat und Pilzen, auf dem mein Name steht."

„Ich werde mir auch was holen und uns einen Tisch besorgen."

Sie nickte und schnappte sich auf dem Weg zur Omelett-Station ein paar warme Zimtschnecken. Zumindest mischte sie Protein mit ihren Kohlehydraten. Das musste doch zählen. „Wir sehen uns gleich."

Als Angies Tablett voll war, dauerte es nicht lange, bis sie Dev am anderen Ende des Raums im Gegenlicht der Morgensonne entdeckte.

„Essen für vier?" Er warf einen Blick auf ihr Tablett, das mit Rührei, Speck, Kartoffelrösti und Zimtbrötchen und einer Kaffeetasse beladen war.

„Komiker." Sie stellte ihr Frühstück auf den Tisch, ein Gericht nach dem anderen, und das Tablett beiseite. „Das Frühstück ist die wichtigste Mahlzeit des Tages."

„So sagt man." Nach der kleinen Schale mit Obst und Rührei vor ihm zu urteilen, war klar, warum der Typ so fit aussah. Wahrscheinlich träumte er nie von Kohlehydraten.

„Magst du italienisches Essen?"

Sein Blick fiel auf sie, ein fragendes Grübchen zwischen den Brauen. „Ja."

„Und was am liebsten?"

„Lasagne."

„Isst du die häufig?"

Er zuckte mit den Schultern.

„Das ist nicht fair."

„Okay, ich gebe auf. Worüber reden wir gerade?"

„Stoffwechsel. Warum manche Leute – wie du – einen haben und andere – wie ich – offensichtlich nicht."

Diesmal wanderte sein Blick langsam hinunter bis zu ihren Füßen, die in Sandalen steckten, und wieder zurück. „Auf die Gefahr hin, mir eine Ohrfeige einzuhandeln – dein *Stoffwechsel* scheint mir ganz gut zu funktionieren."

„Es ging mir nicht darum, Komplimente einzuheimsen."

„Ich weiß, aber das ändert nichts an den Tatsachen." Er legte seine Gabel auf seinen fast leeren Teller. „Wie bist du überhaupt auf das Thema gekommen?"

„Ich überlege gerade, wann ich ein paar zusätzliche Work-outs auf diesem schwimmenden Hotel einplanen kann. Ich möchte meine Klamotten auch noch anziehen können, wenn ich wieder zu Hause bin."

„Jetzt habe ich es verstanden. Ich war vorhin im Fitnessstudio. Das ist der Preis, den jeder zahlen muss, der Lasagne liebt."

Damit hatte sie nicht gerechnet.

„Devon?" Neben ihnen stand auf einmal ein großer Mann mit grau meliertem Haar und einer Kaffeetasse in der Hand.

Bevor er sich erhob, holte Dev tief Luft und setzte ein breites Lächeln auf. „Guten Morgen, Dad."

„Was um alles in der Welt machst du hier?", fragte Devs Vater in diesem elterlichen Ton, der Dev in seine Zeit als eigensinniger Teenager zurückversetzte.

„Angie und ich haben gerade gefrühstückt. Willst du dich uns nicht anschließen?" Dev wagte es nicht, sich nach Goldie umzusehen. Um auch mit ihr fertig zu werden, würde er eine zweite Tasse brauchen.

„Ja. Bitte setzen Sie sich." Angie lächelte.

„Angie, das ist mein Vater, Raymond."

„Sehr erfreut, Sie kennenzulernen." Sein Vater lächelte höflich und wandte sich dann wieder seinem Sohn zu. „Ich erwarte jemanden, aber bis dahin ..."

Kaum dass sich der Mann auf dem Platz neben Dev niedergelassen hatte, erhob sich Angie von ihrem Stuhl. „Ich hole mir schnell ein Glas Saft. Möchte sonst noch jemand etwas?"

Dev und sein Vater schüttelten den Kopf.

„Bin gleich zurück."

Die beiden saßen schweigend da, als Angie an der Menge vorbei zur Getränke-Station eilte. Ob sie plötzlich Durst hatte oder Dev einfach nur ein paar Minuten Zeit geben wollte, um mit seinem Dad eine gute Gesprächsgrundlagen zu schaffen, wusste er nicht, aber wenn man Letzteres annahm, wusste er ihre Besonnenheit sehr zu schätzen.

„Mir war nicht klar, dass es jemand Besonderen in deinem Leben gibt. Eine Frau, mit der du sogar in den Urlaub fährst. Warum hast du mir nichts von ihr erzählt?" Sein Vater nahm einen kurzen Schluck aus seiner Tasse.

„Jemand Besonderen?" Dev blinzelte und folgte dem Blick seines Vaters zu Angie, die sich gerade ein Glas Saft einschenkte, und sein nur teilweise koffeiniertes Gehirn schaltete sich ein. Sein Vater dachte, er hätte Angie auf die Kreuzfahrt mitgenommen. „Angie und ich haben uns an Bord kennengelernt."

Der freundliche Gesichtsausdruck seines Vaters verschwand. „Und was machst du dann bitte auf meinem Schiff?"

„Es ist nicht *dein* Schiff. Und ich denke, du weißt verdammt gut, warum ich hier bin."

Mit einem Glas in der Hand glitt Angie auf ihren Stuhl zurück. „Noch ein paar Tage frisch gepresster

Saft zum Frühstück, und ich kann vielleicht nie wieder Konzentrat trinken."

„Meine Frau hat früher jeden Sonntag zum Frühstück frischen Orangensaft gepresst."

Die unerwartete Erinnerung zauberte ein Lächeln auf Devs Gesicht. „Sie hat uns verwöhnt."

„Das hat sie getan." Sein Vater nahm einen weiteren langsamen Schluck von dem heißen Kaffee und umfasste die Tasse mit beiden Händen. „Ich weiß, dass du nicht mit meinen Plänen einverstanden bist, aber ich denke, dass ich noch einmal sagen muss, das sie nichts an meinen Gefühlen für deine Mutter ändern."

„Dad ...“

„Nein." Sein Vater hob eine Hand. „Angesichts all der Der-Himmel-könnte-dir-auf-den-Kopf-fallen-Szenarien, mit denen du mir neulich Abend um die Ecke gekommen bist, und nachdem ich dir immer wieder versucht habe zu versichern, dass ich niemanden mit niederen Absichten zu ehelich..."

„Wirklich, Dad ...“

„Lass mich bitte aussprechen. Du musst akzeptieren, dass dein Vater kein tattriger alter Trottel ist, der sich von einer intriganten Frau ausnutzen lässt."

„Dad, ich möchte, dass du jemanden findest, mit dem du dein Leben verbringen kannst. Das tue ich wirklich. Aber nicht mit einer Betrügerin, die du im Internet kennengelernt hast."

„Sie ist keine Betrügerin. Wir drehen uns schon wieder im selben Kreis. Wenn du an Bord gekommen sind, um mich davon zu überzeugen, meine Meinung zu ändern, dann verbring hier lieber einen wirklich schönen und wohlverdienten Urlaub, denn sonst hast du dein Geld verschwendet." Sein Vater warf Angie einen Blick zu und neigte mit einem Grinsen und hochgezogener Augenbraue den Kopf in Richtung seines Sohns. „Ich denke, ich werde einen Spaziergang machen und sehen, ob ich meine *Betrügerin* finde."

„Ha, ha", murmelte Dev trocken. „Sehr lustig."

Sein Vater lachte und klopfte ihm auf die Schulter. „Ich konnte nicht widerstehen."

Als sein Vater außer Hörweite war, beugte sich Angie vor. „Ich wusste gar nicht, dass sich dein Vater und Goldie im Internet kennengelernt haben."

„Manchmal denke ich, dass man sich heutzutage nirgendwo anderes mehr kennenlernt … aber ja."

Die Lippen fest zusammengepresst, schüttelte sie den Kopf. „Je mehr ich über die Situation unserer Eltern höre, desto mehr frage ich mich, ob nicht in Wahrheit diese Reisegesellschaft der Betrüger hinter der ganzen Sache ist. Ich meine, so viele ältere Paare. Leichte Beute. Natürlich werden nicht alle betrogen, aber ich frage mich, wie viele andere Paare sich hier im Internet kennengelernt haben und sehr schnell heiraten, ohne wirklich zu wissen, wem sie Liebe, Ehre und Treue versprechen."

„Und finanzielle Sicherheit." Dev seufzte. „Ich nehme an, wenn wir uns ganz freundlich mit einigen der Paare unterhalten, dann können wir vielleicht mehr Leute ausfindig machen, die betrogen werden, und zeigen, dass dies Teil eines größeren Plans ist, aber wir können unmöglich mit allen Hochzeitspaaren sprechen. Außerdem frage ich mich, wie die Kreuzfahrtlinie da mit drin hängen soll. Ich bin bereit anzunehmen, dass Destiny's Reisehochzeiten nichts weiter als ein betrügerischer Verein ist, aber es fällt mir schwer zu glauben, dass eine große Kreuzfahrtlinie eine solche Organisation, die damit ja auch Werbung für die Kreuzfahrten macht, nicht überprüft hat."

Angie lehnte sich auf ihrem Stuhl zurück. „Daran habe ich auch schon gedacht. Destiny und das Schiff scheinen ganz unabhängig voneinander organisiert zu sein. Ich bin mir also nicht sicher, ob die Kreuzfahrtlinie so viel damit zu tun hat."

„Aber ich wundere mich immer noch über Destiny. Hier wechselt viel Geld den Besitzer." Wer hätte gedacht, dass sich so viele Menschen online kennenlernten und eine schnelle und kleine Hochzeit an einem Urlaubsort wünschten?

„Da bist du ja." Angies Mutter blieb neben ihre Tochter stehen und beugte sich lächelnd vor, um ihr einen Kuss auf den Kopf zu geben. „Hast du gut geschlafen?"

„Wie ein Stein. Bin fast nicht aus dem Bett gekommen."

„Wirklich? Mein früher Vogel?" Das Lächeln ihrer Mutter nahm ihr ganzes Gesicht ein, und ein fast schelmisches Funkeln trat in ihre Augen. „Du musst ja eine ganz schön aufregende Nacht gehabt haben."

„Eigentlich nicht." Angie zuckte mit den Schultern. „Ich bin gleich, nachdem wir uns gesehen haben, ins Bett gegangen."

Ihre Mutter sah Dev an, verdrehte die Augen und stieß einen leisen resignierten Seufzer aus.

Dev verkniff sich ein Grinsen. Im Gegensatz zu Angie war ihm die Anspielung ihrer Mutter nicht entgangen. Trotzdem war es erfrischend, jemanden kennenzulernen, der so geradlinig und bodenständig war wie Angie, die die Welt offensichtlich mit sehr unschuldigen Augen betrachtete.

„Ich sollte eine Runde drehen, um zu sehen, ob mein Verlobter schon hier ist."

Das Wort ließ Angie hinter dem Rücken ihrer Mutter zusammenzucken.

„Oh, schaut mal, da kommt er ja schon." Julia Cannon lehnte sich leicht neben ihre Tochter zurück und murmelte gerade laut genug, dass Dev es hören konnte: „Sieht er nicht wahnsinnig gut aus? Ich meine, nicht dass dein Vater nicht attraktiv gewesen wäre. Ich sage nur, wie oft hat eine Frau zweimal im Leben so ein Glück in der Liebe?"

„Ja." Angie setzte ein angestrengtes Lächeln auf. „Gleich zweimal."

Dev nutzte die Chance und griff über den Tisch, nahm ihre Hand in seine und drückte sie; dann ließ er sie schnell wieder los, bevor ihre Mutter oder jemand anderes es bemerkte. Er wusste, dass er das Richtige getan hatte, indem er ihr stumm Mut zugesprochen hatte, als sie ihm ihr aufrichtiges, wenn auch leicht entmutigtes Lächeln schenkte.

„Da bist du ja", verkündete eine nur allzu vertraute Stimme direkt hinter ihm.

Julia und ihr Freund umarmten sich schnell und hielten sich an den Händen, als sie sich zu Dev und Angie umdrehten.

„Um Himmels willen, junge Dame, machen Sie schnell den Mund zu, sonst fliegt Ihnen noch etwas rein."

Angie klappte den Mund zu, aber ihr Blick blieb auf den Mann gerichtet, der neben ihrer Mutter stand.

„Hat dir deine Mutter nicht beigebracht, dass es unhöflich ist, andere anzustarren?", fuhr Devs Vater nun seinen Sohn an.

Dev drehte sich zu Angie um, und alles, was ihm in den Sinn kam zu sagen, war: „Ich muss aufhören, sie Goldie zu nennen."

KAPITEL 9

„**D**as ist deine Angela?" Raymond Miller sah von Angie zu ihrer Mutter.

Mit überraschter Miene nickte Julia ihrem Verlobten zu. „Und das ist dein Devon?"

Angie hatte keine Ahnung, warum ihr nicht der Gedanke gekommen war, dass es sich bei den plötzlichen Verlobungen und bevorstehenden Hochzeiten, die sie und Dev rückgängig machen wollten, um ein- und dieselbe handeln könnte, aber er war ihr nicht gekommen. Unter den Hunderten von Paaren auf diesem Schiff mit einem gemeinsamen Ziel waren die Chancen einfach zu gering gewesen. Und ihre Mutter war für viele Menschen vieles, aber eine Goldgräberin ganz sicher nicht.

„Ich glaube, ich brauche etwas Stärkeres als Orangensaft."

Dev sprach mit Angie, ohne dabei ihre Mutter aus den Augen zu lassen. „Ich habe gerade genau das Gleiche gedacht."

Plötzlich schien alles noch komplizierter als zuvor. Wenn man bedachte, wie besorgt Dev gewesen war, dass die Verlobte hinter dem Geld seines Vaters her war, standen die Chancen ziemlich gut, dass der Mann, den ihre Mutter heiraten wollte, kein Betrüger war. Trotzdem verschaffte diese Tatsache Angie kaum Erleichterung. Sie war immer noch sehr nervös. Da war noch die Sache mit der sehr kurzen und sehr begrenzten persönlichen Interaktion, die kaum lange genug stattgefunden hatte, um die Bezeichnung „Freundschaft" zu verdienen geschweige denn „Beziehung". Und die absolute Entschlossenheit, keinen Ehevertrag zu schließen. Selbst wenn Devs Vater nicht hinter Julias Geld her war – nicht dass ihre Mutter sehr viel hatte –, ohne den Ehevertrag, von dem ihre Mutter unmissverständlich klar gemacht hatte, dass sie nicht die Absicht hatte, einen zu unterschreiben, war eine finanzielle Katastrophe immer noch eine sehr reale Möglichkeit, wenn das unvermeidliche Ende der Ehe bevorstand und die Scheidungspapiere unterschrieben wurden.

„Ich verstehe nicht, warum ihr zwei flüstert." Ray warf seinem Sohn einen spitzen Blick zu. „Ich denke, es ist jetzt mehr als klar, dass Julia keine Betrügerin ist. Die Welt wird also offensichtlich doch nicht für mich untergehen." In seinem Ton schwang ein Hauch Sarkasmus mit.

„Raymond", tadelte Angies Mutter sanft.

Der Gesichtsausdruck von Devs Vater wurde ein wenig milder. „Entschuldige, Liebes."

Oh, verdammt. Das war nicht das, was Angie sehen wollte. Sie wollte kein süßes, liebevolles Paar, das sich mit gegenseitigem Respekt begegnete. Sie wollte einen eindeutigen Bösewicht, den sie leicht entlarven konnte, um ihre Mutter vor einem kolossalen Fehler zu bewahren, der eines hormongesteuerten Teenagers mit der sprichwörtlichen rosaroten Brille würdig wäre.

Julia Cannon sah auf ihre Uhr. „Oh nein, wir haben nur noch fünfzehn Minuten zum Essen, bevor wir losmüssen."

Devs Vater lächelte. „Was für ein Glück, dass es hier genug Auswahl gibt, um innerhalb von zehn Minuten ein herzhaftes Frühstück zu sich zu nehmen."

Angies Mutter kicherte – ja, tatsächlich, sie *kicher-*

te –, tätschelte Devs Vater sanft den Arm und folgte ihm dann mit glücklicher Miene zum Buffet, ohne ihnen auch nur ein „Bin gleich zurück" oder „Wartet nicht auf uns" zuzurufen. Ihr Unterfangen erschien Angie mit jeder verstreichenden Stunde schwieriger.

Dev hielt seinen Blick auf ihre Eltern gerichtet, die sich einige Meter entfernt an den Buffettischen unterhielten, lachten, einander Dinge ins Ohr flüsterten und Essen auf ihre Teller häuften. „Sie sind definitiv noch in dieser fröhlichen Verliebtheitsphase. Das ist die Phase, die Menschen dazu verleitet, dumme Dinge zu tun."

„Wir müssen uns eindeutig neu formieren."

„Wir?" Dev hob eine Braue.

„Ja. Wir. Es sei denn, du hast deine Meinung über Goldie geändert?"

„Das ist nicht fair. Gestern Abend habe ich noch gedacht, deine Mom wäre eine sehr nette Dame. Und bisher hat sie nichts getan, um meine Meinung zu ändern, also passt der Name nicht mehr. Aber das bedeutet nicht, dass ich finde, sie und mein Vater sollten heiraten."

„Genau. Und wie ich schon impliziert habe: Was bedeutet das nun für uns? Kann ich davon ausgehen, dass die Tatsache, dass du dachtest, die Verlobte deines Vaters sei hinter seinem Geld her, bedeutet, dass er die Mittel hat, für sich selbst und möglicherweise eine Frau zu sorgen?"

Dev nickte.

„Das habe ich mir gedacht. Es hat also keinen Sinn, meiner Nachbarin Jo den Namen deines Vaters zu texten. Sie wird nichts finden, was meine Mom davon überzeugen würde, dass sie einen Fehler begeht. Wie zum Teufel bringe ich sie also trotzdem dazu, nichts zu überstürzen?"

„Und das ist die Frage des Tages."

„Oh-oh. Sie kommen zurück. Das ging schnell.“

„Er ist ein Verfechter der Pünktlichkeit.“

„Meine Mom auch.“

„Das perfekte Paar“, murmelte Dev leise.

„Das sollten wir später noch ausdiskutieren.“

Dev nickte, als sich Angies Mutter neben ihre Tochter setzte. Devs Vater, der sich nur ein paar Schritte hinter ihr befunden hatte, nahm den leeren Platz neben seinem Sohn ein. Die beiläufige Art, auf die das frisch verlobte Paar zwischen Speck- und Eierbissen Blicke tauschte, lag irgendwo zwischen unglaublich entzückend und unangenehm bis ekelerregend.

Devs Vater winkte mit einer Gabel in Devs Richtung und wandte seinen Blick von Julia ab. „Wir gehen hoch ins Brettspielzimmer.“

Dev blinzelte heftig. Angie hatte das Gefühl, dass er versuchte, nicht die Augen zu verdrehen.

„Ja“, bestätigte Julia strahlend. „Wir sind uns nur noch nicht sicher, ob wir uns den Whist-Teams oder den Scrabble-Spielern anschließen sollen.“

„Vielleicht hat jemand ein Trivial-Pursuit-Spiel am Laufen.“ Ray lächelte Julia an.

„Ach, das wäre schön.“ Irgendwie wirkte ihre Mutter nun noch glücklicher.

Das alles war fast mehr, als Angie ertragen konnte, aber mitzumachen ergab für sie am meisten Sinn. Aus dem Augenwinkel erhaschte sie einen Blick auf Dev und entschied sich. „Ich bin dabei.“

Dev riss den Kopf herum. Er musterte Angie ganze zehn Sekunden lang, dann nickte er. „Ich auch.“

Nach ein paar Minuten hatten die vier ihr hastiges Frühstück beendet, standen auf und machten sich auf den Weg zu den Aufzügen. Angie folgte ihrer Mutter im Gleichschritt. Wenn sie jemals eigene Kinder hätte, würde sie jedem von ihnen versprechen, dass sie niemals etwas so Verrücktes und Tollkühnes tun würde wie ihre Mom. Sie würde nie einen Mann heiraten, den sie erst seit zwei Wochen kannte. Liebe auf den ersten Blick – so ein Quatsch.

Bis jetzt war der Vormittag wie im Flug vergangen. Sie hatten ein verdammt augenöffnendes Frühstück hinter sich und eine überraschend lustige Zeit beim Pokern. Besonders für Angie, deren Zahlengedächtnis dazu geführt hatte, dass sie immer wieder gewann. Als Nächstes stand eine Tanzstunde auf dem Plan. Ihre Mutter und Raymond hatten auf keinen Fall den Anfang verpassen wollen und waren schon einmal vorgegangen, während Angie und Dev ihr letztes Kartenspiel beendeten.

Der Tanzkurs war sehr gut besucht – entweder weil die Leute so gerne tanzten oder weil es nun schon ein wenig später war und die Gäste Zeit gehabt hatten auszuschlafen.

Es dauerte ein paar Minuten, bis Angie ihre Mutter entdeckte. „Da drüben. An der Bar.“

„Du siehst aus, als hättest du noch mehr gewonnen – sehr zufrieden“, neckte Julia ihre Tochter, worauf Angie spürte, wie ihr die Hitze in die Wangen stieg.

„Ihre Tochter ist eine wahre Kartenzauberin.“

„Wirklich?“ Devs Vater nickte Angie anerkennend zu.

„Oh ja.“ Julia Cannon klatschte in die Hände. „Als sie ein kleines Mädchen war, konnte sie sich immer genau erinnern, welche Karten schon ausgeteilt und gespielt worden waren, und vorhersagen, welche am ehesten als Nächste ausgegeben würde.“

„Wirklich?“ Diesmal weiteten sich Raymond

Millers Augen, er hob die Brauen noch ein Stück höher, und selbst seine Stimme kletterte eine Tonlage nach oben.

Dev richtete seine Aufmerksamkeit auf Angie. „Nun, das würde sicherlich einiges erklären."

Angie hatte lange nicht über diese Fähigkeit nachgedacht. Ihr scharfes Gedächtnis für bereits ausgespielte Karten und ihre Fähigkeit, Zahlen zu behalten, war wahrscheinlich der Hauptgrund dafür, dass sie und ihre Großmutter sich immer gerne die Fernsehversion eines bestimmten Konzentrationsspiels angesehen hatten und warum sie ihren Abschluss in Buchhaltung gemacht hatte. „Es ist hilfreicher bei Spielen wie Rommé oder Whist."

Die Hintergrundmusik wechselte im selben Moment von entspannt zu etwas mit mehr Tempo, als eines der Crewmitglieder auf das Mikrofon tippte und damit die Aufmerksamkeit der Teilnehmer auf sich zog. „Finden Sie Ihre Partnerin oder ihren Partner! Wir beginnen mit dem einfachen Texas Two Step."

Die Paare stellten sich auf und bildeten einen Kreis im Kreis.

„Ich möchte, dass alle nach Steuerbord schauen." Als sich die Leute in die eine oder andere Richtung drehten, aber nicht alle in dieselbe, versuchte es das Besatzungsmitglied erneut. „Ich habe eine bessere Idee, alle drehen sich zu meiner linken Seite."

Weitere Leute drehten sich um, einige zu seiner Linken, andere nicht.

„Das wäre meine andere Linke." Sein Witz verpuffte, als einige sich in die richtige Richtung drehten und andere, die eigentlich schon korrekt standen, in die falsche herumwirbelten. Als immer mehr Crewmitglieder auf die große Tanzfläche strömten, um in ihren weißen Uniformen Erwachsene hin und her zu wenden wie Spielfiguren, bot das auf jeden Fall von außen einen amüsanten Anblick.

Ein paar Tänzer aus der Gruppe, die für die abendliche Musikunterhaltung sorgten, standen in der Mitte der Gruppe und demonstrierten, wie einfach der traditionelle texanische Tanz angeblich war. Was sicherlich hilfreich gewesen wäre, wenn die beiden auf einer erhöhten Plattform gestanden hätten, aber auf der gleichen Ebene mit allen Kursteilnehmern, blockiert von vierzig oder mehr Paaren, hätten sie sich die Anstrengung wahrscheinlich genauso gut sparen können.

Auch ohne Musik, das konnte Angie mit Dev als ihrem Partner schon jetzt sagen, würde sie die nächsten sechzig Minuten sehr genießen. Als sie so nah nebeneinander standen, schossen ihr immer wieder Erinnerungen an ihren gestrigen Kuss durch den Kopf. Sie meinte beinahe noch immer zu spüren, wie ihre Lippen kribbelten.

„Einen Penny für deine Gedanken", sagte Dev leise.

„So viel sind sie nicht wert." Angie gab sich alle Mühe, lässig mit den Schultern zu zucken, und hoffte, dass ihre Wangen sie nicht verrieten, weil sie dabei erwischt worden war, wie sie von den Kusskünsten ihres Tanzpartners träumte.

Seine Brauen zogen sich zusammen, und er schüttelte den Kopf. „Das glaube ich keine Sekunde."

„Und es geht los." Gerettet durch das Besatzungsmitglied, das wild einen Arm durch die Luft schwenkte, und eine ausgesprochen ländliche Melodie, die zur gleichen Zeit zu spielen begann, als der Ansager rief: „Schnell, schnell, langsam, langsam."

„Das ist nicht so schwer", flüsterte Dev ihr ins Ohr.

„Wie Gehen", stimmte sie zu, „nur lustiger." Die Melodie, die gespielt wurde, erreichte den Refrain, und die Hälfte der Tänzer schien das Lied sofort zu erkennen und wiederholte lautstark die bekannte Zeile „All my exes live in Texas".

In kürzester Zeit waren sie in ein angenehmes Tempo verfallen, das sich anfühlte, als würden sie bereits seit Jahren zusammen tanzen und nicht seit gerade mal ein paar Minuten.

Die Musik verstummte, und das Klopfen des Mikrofons ertönte wieder. „Alle bleiben stehen und wenden sich von ihrem Partner ab."

Als sie sich wie angewiesen umdrehte, sah sich Angie einem völlig Fremden gegenüber, gefolgt von dem unerwartet üblen Geruch nach stinkendem Käse.

„Nun", die Musik setzte wieder ein, „lasst uns sehen, wie viel wir gelernt haben, und neue Freunde finden."

Der Fremde stellte sich vor. „Ich bin Harvey." Er deutete mit den Daumen über seine Schultern. „Und Margaret hinter mir ist meine Bestimmung."

„Hey, ich bin Angela." Sie brachte es nicht über sich, den Irrglauben zu untermauern, dass sie und Dev ein Paar waren, und war dankbar, als sich die Reihe der Tänzer zu bewegen begann – bis Harveys Handfläche langsam ihren Rücken hinabglitt, bis seine dicken Stummelfinger auf ihrem Hintern ruhten. So beiläufig, wie er es getan hatte, streckte sie ihren Arm hinter sich aus und schob seine Hand ihren Rücken hinauf.

„Haben Sie die Hors d'oeuvres probiert? Die Garnelen-Bruschetta sind ausgezeichnet." Als hätte sie seine Hand nicht gerade einen Moment zuvor umgeleitet, ließ Harvey die gleichen Stummelfinger noch einmal auf ihren Po sinken.

Und abermals griff sie hinter sich und schob seine Hand ihren Rücken hinauf und erstickte dabei fast an einem weiteren Hauch seines stinkenden Atems.

„Mein Favorit waren die mundgerechten Nachos. Gekühlte Bohnen und Käse auf einem knusprigen Cracker."

Das erklärte zumindest den stinkenden Atem.

„Und wieder umdrehen", rief der Ansager, ohne die Musik zu unterbrechen.

Angie meinte, noch nie einen angenehmeren Anblick gehabt zu haben als in diesem Moment Dev, der ihr mit offenen Armen gegenüberstand. Sie schmiegte sich an ihn, etwas näher als zuvor, und bedankte sich stumm dafür, dass dieser Mann keine Affinität zu Bohnen hatte. Zumindest glaubte sie das.

Bis zum Ende der Unterrichtsstunde hatte Angie mit Devs Vater getanzt, war über Harvey gestolpert, als der offensichtlich vergessen hatte, in welche Richtung er sich wenden musste, und hatte gelernt, sich zu drehen, während sie sich gleichzeitig vorwärts bewegte, ohne Dev auf den Fuß zu treten.

„Das hat mehr Spaß gemacht, als ich erwartet hatte", sagte Angie, als sie der Menschenmenge aus dem Raum folgten.

„Besonders, nachdem du aufgehört hast, auf meine Füße zu treten." Hinter sich konnte sie das Lächeln in Devs Stimme hören.

Sie wurde langsamer und drehte sich ein Stück herum, um Dev besser sehen zu können. „Das ist nur zweimal passiert."

„Mehr als genug", neckte er sie weiter.

„Oh. Verzeihung." Ein anderer Passagier stieß mit Dev zusammen, sodass er in Angie hineinstolperte.

Die beiden schwankten einen Moment, während Devs Hand ihren Arm streifte. „Alles okay?" Er sah sie besorgt an, den Blick fest auf sie gerichtet.

„Alles bestens." Wenn sie zu einer anderen Zeit und aus einem anderen Grund auf dieser Kreuzfahrt mit diesem Mann getanzt hätte, wäre es ihr vielleicht sogar ganz wunderbar gegangen.

Außerhalb der Lounge drängten sich Julia und Devs Vater mit ihrer neuen Gruppe von Freunden zusammen, kicherten und hielten sich natürlich an den Händen. Dev wollte sich wirklich für sie freuen, wirklich, aber er war einfach zu praktisch veranlagt, um seinen Dad und Julia sich von der Illusion der Liebe auf den ersten Blick täuschen zu lassen.

„Da bist du ja." Julia grinste ihn an. „Habe ich dir schon Ben und Geri vorgestellt?"

Seine Überraschung musste ihm ins Gesicht geschrieben stehen, denn die Frau, die seinen Dad und Julia früher am Morgen kurz aufgehalten hatte, streckte ihm ihre Hand hin und kicherte. „Kurz für Geraldine. Wer hätte gedacht, dass ich mich in einen Benjamin verlieben würde."

„Ich wette, die Erklärung müsst ihr ständig liefern", antwortete Dev.

„So ist es."

Julia warf ihren Freunden ein dankbares Lächeln zu. „Sie sind ständig auf Kreuzfahrt und haben uns viele Tipps gegeben."

„Wahrscheinlich kenne ich diese Schiffe besser als die Besatzung." Geri drehte sich zu Angie um. „Deine Mutter hat uns alles über dich erzählt, aber verschwiegen, was für eine wundervolle Tänzerin du bist."

„Ehrlicherweise muss ich sagen, dass er", sie deutete mit dem Daumen über die Schulter zu Dev, „es einfach hat aussehen lassen."

„Nun, du hast auf jeden Fall gewirkt, als wüsstest du, was du tust. Ihr seid ein sehr nettes Paar."

Angie schüttelte den Kopf. „Oh, wir sind kein Paar. Wir haben uns gerade erst kennengelernt."

„Ach, tatsächlich?" Etwas an der Art, wie Geri

lächelte, versetzte Angie in Alarmbereitschaft. „Wie auch immer … was das Mittagessen angeht, tut es mir nur leid, dass wir nicht wussten, dass ihre beide auch auf dem Schiff sein würdet. Wir haben bereits gestern für heute den Lunch in einem der Spezialitätenrestaurants reserviert. Als ich heute Morgen dort anrief, um euch beide hinzuzufügen, sagte die Dame, dass sie leider schon ausgebucht seien und keinen größeren Tisch frei hätten."

„Schon in Ordnung." Angie winkte beiläufig ab, um sie zu beruhigen. „Mittags esse ich sowieso nicht viel."

Ben beugte sich nun ebenfalls vor. „Ich habe sogar versucht, die Reservierung auf einen anderen Tag zu legen, aber diese riesige Hochzeitsreisegesellschafft hat bereits alles ausreserviert. Es ist das romantischste Restaurant auf dem Schiff. Gutes Essen, gute Musik, gute Aussicht und natürlich", er machte eine Pause, um Geri zärtlich auf die Schläfe zu küssen, „gute Gesellschaft."

Geri kicherte und schlug spielerisch mit der Hand nach ihm. „Du bist so albern, aber ich liebe es."

„Es macht dir nichts aus, oder?" fragte Julia ihre Tochter. Dev kannte sie nicht sehr gut, aber selbst er konnte sehen, wie hin- und hergerissen sie zwischen den Mittagsplänen und dem Wunsch war, Zeit mit ihrer Tochter zu verbringen.

„Natürlich nicht. Ich habe sowieso noch einiges zu tun. Geht und genießt es."

„Vielen Dank." Julia zog ihr erwachsenes kleines Mädchen in eine Umarmung.

„Falls ihr im großen Restaurant zu Mittag essen solltet, heute ist der Tag, an dem sie ihr frisch gebackenes Cranberry-Mandelbrot anbieten." Geri küsste ihre Fingerspitzen. „Unglaublich lecker. Und sie servieren es nur einen Tag in der Woche."

Ben zupfte an Geris Ellbogen. „Und unsere einzige Mittagsreservierung für diese Woche könnte uns gleich durch die Lappen gehen, wenn wir uns nicht langsam in Bewegung setzen."

„Wer braucht schon eine Uhr, wenn man diesen Kerl an seiner Seite hat", zog Geri ihn auf. „Wir sehen uns."

In diesem Sinne gingen die vier davon, und Angie drehte sich zu Dev um. „Ich weiß nicht, wie es dir geht, aber wenn ich mich nicht langsam hinsetze, falle ich um. Wer hätte gedacht, dass einen zwei, drei Tanzschritte so fertigmachen können?"

Gemeinsam bahnten sie sich einen Weg durch die sporadischen Menschenansammlungen; irgendwann ergriff Dev ihre Hand und bedeutete ihr, ihm an Deck zu folgen. „Das ist näher als das Buffet."

„Ich werde garantiert nicht widersprechen. Eine bequeme Liege hört sich jetzt super an."

„Gut." Er wählte eine Stelle auf dem äußersten Oberdeck aus, die die meisten Leute übersahen, und platzierte Angie unter einem Sonnenschirm. „Gib mir fünf Minuten, dann bin ich mit dem Mittagessen zurück."

„Oh." Sie schwang ihre Beine über den Rand des Liegestuhls und machte Anstalten, wieder aufzustehen. „Du musst mir kein Mittagessen bringen."

„Du hast Recht, ich *muss* nicht, aber es gibt keinen Grund, dass wir beide Schlange stehen."

Ihre Mundwinkel hoben sich zu ihrem süßen Lächeln. „Was gibt es denn zum Mittagessen?"

„Wie klingen Hotdogs?"

„Mit Relish und Senf und vielen Zwiebeln?"

„Kein Sauerkraut?"

Das Lächeln verschwand, und ihre Nase kräuselte sich vor Abscheu.

Er brach in ein zufriedenes Lachen aus. „Eine Frau

nach meinem Geschmack.“

„Ich hätte nichts gegen ein paar Süßkartoffelpommes einzuwenden, wenn sie welche haben.“

„Verstanden.“ Damit eilte er hinüber zur Mittagsbar am Ende des Pools für Erwachsene und kehrte nur ein paar Minuten später mit einem Tablett in der Hand zur Liege zurück.

Ein Bein leicht angezogen, stützte Angie einen Ellbogen auf ihr Knie, während sie mit einer Hand die Augen von der Sonne abschirmte. In der Nähe des Pools schien eine Frau etwa in ihrem Alter mit ziemlicher Lebhaftigkeit etwas zu erklären. Aber es war nicht diese Frau, die in diesem Moment Devs ungeteilte Aufmerksamkeit hatte. Obwohl er den ganzen Vormittag mit Angie verbracht hatte, war ihm erst in dieser Minute aufgefallen, wie schön sie war. Selbst professionelle Modells schafften es oft nicht, eine so ansprechende Pose einzunehmen. Und es tat niemandem weh, dass durch das hochgezogene Knie die Shorts ihren Oberschenkel hochgerutscht war und einen herrlichen Blick auf ein sehr wohlgeformtes Bein freigab.

Etwas tief in seinem Inneren sagte Dev, dass der Rest dieser Reise schwieriger werden könnte, als er erwartet hatte, und das aus völlig anderen Gründen als denen, dass er sich mit seinem Vater auseinandersetzen musste.

KAPITEL 10

„Oh, das sieht lecker aus." Die Frau, die mit Angie gesprochen hatte, ohne zwischendurch Luft zu holen, winkte Dev zu. „Ich bin Renee. Meine Kabine liegt auf demselben Flur wie Angies."

„Ja", Angie drehte sich zu ihm um, „wir haben uns auf dem Weg zu dir zum Frühstück einen Fahrstuhl geteilt."

„Ich habe ihr gesagt, sie soll an dir festhalten."

Dev blinzelte. „Verzeihung?"

Der Mann sah aus wie ein übergroßer Dreijähriger, der versuchte, nicht zu zeigen, wie verwirrt er war. Angie legte lässig eine Hand auf ihren Mund und hoffte, dass die Frau nicht bemerkte, dass sie lachte.

„Mein Mann und ich sind seit fast zehn Jahren verheiratet, und wenn er mir im Urlaub Mittagessen servieren würde, würde ich wahrscheinlich vor Überraschung in Ohnmacht fallen. Tatsächlich", sie begann wieder lebhaft zu gestikulieren, „bin ich auf dem Weg, *ihm* Mittagessen zu holen. Nicht, dass es mir etwas ausmacht, aber trotzdem …" Sie stieß einen wehmütigen Seufzer aus und deutete auf Dev. „Es ist so schwer, Männer zu finden, die sich wirklich die Arbeit mit einem teilen. Ich sage dir, jeder Mann wie dieser hier, der solche Sachen tut, ist sein Gewicht in Gold wert."

Dev warf einen schnellen Blick in Angies Richtung, aber falls er auf eine Reaktion hoffte, hatte er Pech.

Angie zuckte mit den Schultern und lächelte dann zu der Frau hoch. „Vielen Dank."

Die Frau ließ ihren Blick erneut anerkennend über Dev und das Tablett mit dem Essen schweifen, das er in der Hand hielt, stieß einen weiteren Seufzer aus und trat einen Schritt zurück. „Ich sollte besser aufbrechen, bevor dem Schiff das Essen ausgeht."

Angie hatte inzwischen genug Zeit auf Kreuzfahrtschiffen verbracht, als dass sie sich jemals vorstellen könnte, dass dies passieren würde.

Dev nickte Renee zu. „Freut mich, dich kennengelernt zu haben." Als die Frau sich unter die Passagiere mischte, die über das Deck strömten, stellte er das Tablett neben Angie ab und setzte sich ihr gegenüber auf den nächstbesten Stuhl. Einen Moment lang dachte sie, er würde etwas sagen, aber stattdessen griff er nach seinem Mittagessen.

Als Angie ihren ersten Bissen von dem Hotdog nahm, entwich ihrer Kehle ein entzücktes Stöhnen. „Oh, wow. Der ist sehr gut." Sie wischte sich einen Klecks Senf aus dem Mundwinkel. „Was hast du genommen?"

„So ziemlich das Gleiche, nur dass bei mir auch ein Tropfen Ketchup drauf ist." Er hob den mit Zwiebeln bedeckten Hotdog an seinen Mund, und für einen kurzen Augenblick glaubte sie, ihn vor Genuss die Augen verdrehen zu sehen. „Oh ja, der ist *wirklich* gut!"

„Glaubst du, ich würde dich anflunkern?", zog sie ihn auf, bevor sie einen weiteren Bissen nahm.

Den Hotdog für einen zweiten Bissen auf halbem Weg zu seinem Mund hielt Dev inne und kicherte leise, schüttelte den Kopf. „Woher soll ich das wissen?"

„Ich sage dir, ich würde es nicht tun. Jetzt weißt

du's!" Sie griff nach einer Pommes, biss ab und nickte wohlwollend. „Jepp, dieses Essen wird definitiv zum festen Bestandteil der Reise."

„Genau das, wofür Menschen Kreuzfahrten unternehmen – die ausgesucht feine Hotdog-Küche."

Es war schön, jemanden zu haben, mit dem man beim Mittagessen lachen und scherzen konnte. Es war ihr nicht wirklich in den Sinn gekommen, wie einsam es sein konnte, die ganze Zeit glücklich allein zu sein. „Du machst dich nicht über eine amerikanische Tradition lustig, oder?"

„Würde nicht im Traum daran denken."

Sie lächelte zurück und atmete praktisch den nächsten Bissen ein.

„Also", Dev wischte sich einen Ketchup-Klecks vom Kinn, „irgendwelche neuen Gedanken zu unseren Eltern?"

„Sie sind stur."

Er lachte wieder. „Ich weiß nicht, wie das bei deiner Mutter ist, aber in Bezug auf meinen Vater ist das nichts Neues für mich."

Sie griff nach dem Rest ihres Hotdogs, ließ die Hände dann jedoch wieder sinken. „Dein Vater hat mir keine Sekunde Anlass gegeben, mir Sorgen um meine Mom zu machen."

„Dito. Deine Mutter scheint eine sehr nette Frau zu sein."

„Das liegt daran, dass sie es ist."

„Okay. Also sind wir uns einig, dass sie nette Leute sind." Dev tunkte eine Pommes in den Ketchup auf seinem Teller. „Aber das bedeutet nicht, dass sie heiraten sollten."

„Nicht nach gerade mal zwei Wochen. Wenn ich an die Highschool zurückdenke, war es meine Mutter, die mich immer ermahnt hat, vorsichtig zu sein. Dass man sich des wahren Charakters einer Person nie ganz sicher sein kann. Ich solle ein Buch nicht nur nach seinem Einband beurteilen. Nur weil ein Typ gut aussehe oder ein Spitzensportler sei, hieße das noch lange nicht, dass er auch als Freund für eine Beziehung geeignet sei. In meinem zweiten Jahr war ich mit einem netten Typ zusammen. Mom fand ihn auch nett. Es hat ihr gefallen, dass er immer geklingelt hat, wenn er mich abholte, dass er sie und Dad immer Sir und Ma'am nannte, mich immer pünktlich nach Hause brachte. Nach ein paar Monaten wurde er mit einigen Kumpels dabei erwischt, wie sie Alkohol aus einem Spirituosenladen geklaut haben. Danach hat mich meine Mom eine halbe Ewigkeit über den wahren Charakter von Menschen belehrt. Wenn ich meiner Mutter gesagt hätte, dass ich einen Mann heirate, den ich erst seit zwei Wochen kenne, wäre sie explodiert."

„Exakt." Dev wedelte mit den mit Ketchup überzogenen Pommes zwischen seinen Fingern herum. „Mein Vater war der Erste, der mir gesagt hat, dass man mit der Ehe eine lebenslange Verpflichtung eingeht und sie nichts ist, was man überstürzen sollte. Es sei ihm egal, wie alt jemand ist oder wie gut das Paar angeblich weiß, was es voneinander erwartet, er würde jeden in Hörweite daran erinnern, dass die Grundlagen für eine solide Beziehung Zeit bräuchten, um sich auszubilden. Viel Zeit."

Diese ganze Sache erzeugte ein ständiges ungutes Gefühl in Angies Magen, das nichts mit dem fettigen frittierten Essen zu tun hatte, das sie gerade gegessen hatte. „Wir werden uns etwas einfallen lassen."

In diesem Moment kam Renee wieder in ihre Richtung. Mit dem beladenen Tablett in den Händen blieb sie neben ihnen stehen. „Wie war das Essen?"

„Köstlich", antworteten Angie und Dev im Chor.

„Gut, ich habe für uns nämliche das Gleiche geholt." Sie grinste und ging weiter, hielt jedoch nach ein paar Schritte noch einmal kurz inne und sah über die Schulter zu Angie. „Wir sollten versuchen, uns für irgendeine Aktivität zusammenzutun, was meinst du? Vielleicht ein After-Dinner-Drink hier an Deck?"

„Gerne", antwortete Angie, mehr aus Höflichkeit als aus echtem Interesse.

„Wunderbar." Die Frau machte einen Schritt und hielt erneut inne, blickte sich um, bevor sie sich zu Angie hinunterbeugte. „Ihr seid das netteste Paar, das wir hier bisher getroffen haben."

„Nun, das ist nett von dir, aber …"

„Wirklich, ich hätte es nicht gesagt, wenn ich es nicht genauso meinen würde." Sie richtete sich wieder auf. „Ich sollte langsam los, bevor die Pommes kalt und matschig werden. Wir reden später weiter." Mit einer leichten Kopfbewegung machte sich die Frau auf die Suche nach ihrer anderen Hälfte.

Angie machte es sich auf ihrer Liege bequem und blickte zu Dev auf. „Ich denke, es hat keinen Sinn zu erwähnen, dass wir kein Paar sind."

„Vielleicht müssen wir darauf verzichten."

Ein verrückter Gedanke legte einen Schalter in ihrem Kopf um. „Weißt du was, das bringt mich auf eine Idee."

Dev griff nach einer Essiggurke. „Was bringt dich auf eine Idee?"

„Dass wir eigentlich kein Paar sind."

Die Essiggurke baumelte zwischen seinen Fingern, während er sie aufmerksam musterte.

„Lass mich erst ausreden, okay?"

Er nahm einen schnellen Bissen und nickte.

„Wie wäre es, wenn wir auch heiraten?"

Dev blinzelte heftig. Die Hitze und die Sonne mussten der Grund sein, warum ihm diese Frau, die er kaum kannte, gerade einen Heiratsantrag gemacht hatte. Entweder hatte sie einen Sonnenstich oder die Hitze hatte sein Gehör beeinträchtigt.

„Schau nicht so fassungslos."

„Wie denn bitte sonst? Wir kennen uns knapp vierundzwanzig Stunden."

„Das kam falsch rüber."

Sein erster Gedanke war, *was für eine Erleichterung*, aber seltsamerweise war es das nicht wirklich. Die Heirats-Idee missfiel ihm weitaus weniger, als sie es tun sollte.

„Wir sind uns einig, dass unsere Eltern entsetzt wären, wenn wir uns entscheiden würden, plötzlich eine Person zu heiraten, die wir kaum kennen."

Er nickte. Bisher ergab alles, was sie sagte, Sinn.

„Was wäre, wenn wir es ihnen ganz bewusst vor Augen führen? Den Fehler, den sie unserer Meinung nach begehen? Wir könnten noch ein oder zwei Tage abwarten und dann verkünden, dass wir zu dem Schluss gekommen sind, dass sie Recht haben. Wenn man wüsste, dass es der oder die Richtige sei, dann wüsste man es eben. Und dass es doch toll wäre, eine Doppelhochzeit zu feiern."

Er musste eine Minute darüber nachdenken. Normalerweise hätte er etwas in die Richtung gesagt, dass sie völlig verrückt sei. Allerdings musst er zugeben, dass ihr Plan wirklich gut war. „Mit anderen Worten, wenn wir sie dazu bringen können, sich darauf zu konzentrieren, warum wir nicht heiraten sollten, dann werden sie hoffentlich auch verstehen, warum sie selbst es nicht tun sollten. Habe ich das richtig verstanden?"

Sie schenkte ihm ein breites Grinsen. „Ja! Es ist perfekt. Es liegt nun mal in der Natur des Menschen, das tun zu wollen, von dem andere behaupten, man solle es lassen. Also würden wir ihnen nur einen Grund geben, sich zu wehren, wenn wir weiterhin darauf bestehen, dass sie nicht heiraten sollten. Selbst wenn sie anfangen, Vorbehalte zu haben, tun sie es vielleicht nur, um uns zu beweisen, dass sie wissen, was sie tun."

So sehr es ihn auch überraschte, dass er ihrem verschlungenen Gedankengang gefolgt war, musste er doch zugeben, dass sie durchaus Recht hatte. „Also machen wir es uns noch einen Tag nett und dann die große Ankündigung?"

Sie nickte.

„Das werden sie uns niemals abkaufen." Er schüttelte den Kopf.

„Natürlich werden sie das. Hättest du vor einem Monat gedacht, dass dein Vater eine Frau heiraten würde, die er gerade mal zwei Wochen kennt?"

Er schüttelte wieder den Kopf.

„Ich denke, wir können das schaffen. Bist du dabei?"

„Ich bin dabei." Das war wahrscheinlich die beste Idee, die ihnen bisher eingefallen war. Zumal sie mit Vernunft offensichtlich nicht weiterkamen. „Diesmal müssen wir den Plan aber ein bisschen besser ausarbeiten."

„Einverstanden." Sie legte ihre Hand über die Augen und blickte zum Himmel hinauf, dann griff sie in ihre Handtasche und zog eine kleine Flasche Sonnencreme heraus. „Hast du etwas Bestimmtes im Sinn?"

„Mein erster Gedanke war, dass wir ein paar Monate Dating und Liebesgeschichte in die nächsten vierundzwanzig Stunden packen müssen."

„Das könnte einiges an Fleißarbeit bedeuten."

„Wir sollten das wie Lernen für eine Abschlussprüfung angehen; denn sobald wir unsere Geschichte öffentlich machen, sollten die anderen besser glauben, dass wir genug übereinander erfahren haben, um zu erkennen, dass wir den einzig richtigen Partner für uns gefunden haben. Sie werden uns mit Fragen löchern."

Sie rieb sich Gesicht und Hals mit Lotion ein und hielt dann mitten in der Bewegung inne. „Daran hatte ich noch gar nicht gedacht."

„Hier." Er streckte seine Hand nach der Sonnencreme aus. „Du hast eine Stelle vergessen. Ich helfe dir, okay?"

Sie hielt ihm zögerlich die Tube hin; es handelte sich um Lichtschutzfaktor fünfzig. „Ich verbrenne ziemlich leicht."

Was er sofort hätte erkennen müssen. Ihre Haut war so zart und hell wie Porzellan. Blondes Haar, blaue Augen und helle Haut waren das perfekte Rezept für einen Sonnenbrand.

Dev verrieb die Lotion zwischen den Händen, um die Flüssigkeit zu erwärmen, und massiert sie dann vorsichtig in ihre Schultern ein, wobei er es vermied, mit den Fingern unter den Saum ihrer ärmellosen Bluse zu geraten. „Ich war früher mal mit einem Mädchen zusammen, die genauso hellhäutig war wie du. Ihr Vater hatte ein Boot, sodass die Familie praktisch den ganzen Sommer über auf dem Wasser gelebt hat. Da war immer dieser eine Streifen feuerroter Haut, wo sie sich selbst nicht eincremen konnte. Ihre Schultern und die Oberseite ihrer Füße waren am schnellsten verbrannt."

Ihr Blick folgte den langsamen Bewegungen seiner Finger. „Nicht jeder ist so vorsichtig wie du." Ein halbherziges Glucksen entrang sich ihrer Kehle. „Meine beste Freundin aus der Kindheit hat die Creme immer wahnsinnig dick und schnell aufgetragen, sodass überall dort, wo sie keine Haut erwischt hat, rote Streifen zu sehen waren. Einen ganzen Sommer lang sah mein Rücken mal wochenlang aus wie ein Zebra.“

Er wischte seine Finger an ihrem Nacken trocken, lächelte und verschloss die Flasche. „Ich wette, du hast ein sehr hübsches Zebra abgegeben.“

„Schau jetzt nicht hin, aber meine Mutter und dein Vater kommen gerade auf uns zu.“

Es dauerte eine Sekunde, bis Dev Angies Mutter erkannte. Sie trug einen rosa Schlapphut, den er bisher noch nicht an ihr gesehen hatte und den Angie gut hätte gebrauchen können. Sein Vater ging neben ihr. Seine Hand lag auf ihrem Kreuz, als wollte er sie entweder sanft durch die Menschenmengen hindurchdirigieren oder sie vor ihnen schützen, vielleicht auch beides.

Dev stand auf und reichte Angie eine Hand. „Wir können unsere Show genauso gut sofort starten. Lass uns spazieren gehen, das gibt uns Zeit zum Nachdenken, worüber wir reden sollten, um an unserer Geschichte zu feilen.“

Ein strahlendes Lächeln breitete sich auf ihrem Gesicht aus. „Eine sehr gute Idee.“

Sie verschlangen die Finger miteinander und gingen zu dem Weg, der sich um das Deck schlängelte – wobei sie beide hofften, dass sich diese ausgezeichnete Idee nicht als ein weiterer großer Fehler herausstellte.

„Siehst du sie?“ Julia Cannon stand mit ihrem Hut auf dem Kopf am Rand des Pools und suchte die umliegenden Liegestühle nach ihrer Tochter ab. „Oh, schau!“

Raymond folgte der Richtung, in die ihre freie Hand zeigte. „Und was genau soll ich sehen?“

„Da sind unsere Kinder.“ Mit ausgestrecktem Arm

und wedelndem Zeigefinger lenkte sie Rays Aufmerksamkeit auf Dev und Angie. „Und sie halten Händchen!"

„Wahrscheinlich will er sie in der Menge nicht verlieren. Ich würde an deiner Stelle nicht zu viel hineininterpretieren." Ray küsste seine Verlobte auf die Wange. „Wahrscheinlich planen sie gerade, wie sie uns separat entführen und so lange gefangen halten, bis wir die Hochzeitszeremonie verpasst haben."

„Mach dich nicht lächerlich. Ich denke, sie gewöhnen sich allmählich an die Vorstellung von uns als Ehepaar."

Ray grinste sie an und strich mit dem Fingerrücken über ihren Kiefer. „Das ist eines der vielen Dinge, die ich an dir liebe, deinen unerschütterlichen Optimismus."

„Als wir beschlossen haben, bis zur letzten Minute zu warten, um unseren Kindern unsere Pläne mitzuteilen, damit sie nicht versuchen würden, uns aufzuhalten, war das vielleicht weniger optimistisch und eher ein bisschen feige."

„Es war pragmatisch gedacht. Eine weitere Eigenschaft, die ich an dir liebe. Und dass mein Workaholic-Sohn alles stehen und liegen gelassen hat, um uns hinterher zu reisen, bedeutet, dass wir das Richtige getan haben. Sonst hätten sie uns vielleicht zu Hause tatsächlich gefesselt und im Haus eingesperrt, bis wir angeblich wieder zur Besinnung gekommen sind."

Julia lächelte breit und gab ihm einen Kuss auf die Lippen. „Ich liebe es, wie du diese gewöhnliche Welt mit all ihren Fehlern und Schwächen und sturen Kindern zu einem so schönen und lebenswerten Ort für mich machst. Irgendetwas sagt mir, dass uns auf dieser Kreuzfahrt noch eine ganz schöne Achterbahnfahrt bevorsteht."

KAPITEL 11

Die Hände über den Rand des Geländers gelegt, das tiefblaue Meer vor ihm leuchtend, verkniff sich Devon ein Lachen. „Das klingt nach einer verdammt guten Reise."

„Trotz der Umstände gehe ich davon aus, dass es deutlich unkomplizierter wird."

Dev legte den Kopf schief. Sie hatte ihm ziemlich viel über die Hochzeits- und Scheidungskreuzfahrt ihrer Freundin Pam erzählt, und doch bestand für ihn kein Zweifel daran, dass er kaum an der Oberfläche gekratzt hatte. „Warst du jemals versucht, selbst den Mittelgang entlangzuschreiten?"

Sie schüttelte den Kopf, hielt aber ihren Blick auf die leicht rollenden Wellen gerichtet. Ihr Kopf deutete vielleicht ein Schütteln an, aber der distanzierte Ausdruck in ihren Augen sagte ihm, dass eine Geschichte dahintersteckte.

Ein weiterer langer Moment angenehmer Stille zwischen ihnen verging, und Dev stellte fest, dass er seine eigene Frage beantwortete. „Das Mädchen mit der Porzellanhaut, sie war nicht nur ein Mädchen, mit dem ich früher ausgegangen bin. Sie ist das einzige Mädchen, das ich jemals auch nur annähernd geheiratet hätte."

Angie ließ ihren Blick zu ihm schweifen.

„Wir haben uns im Sommer vor meinem Abschlussjahr am College kennengelernt." Selbst nach all den Jahren hasste er es noch immer, die Geschichte zu erzählen. Warum also erzählte er sie ihr jetzt? Dies war keine echte Verlobung, keine echte Beziehung. Aber er wollte, dass sie es trotzdem wusste. „Wir blieben nach dem Abschluss und während meines gesamten MBA-Studiums zusammen. Schließlich schien zu heiraten der logische nächste Schritt zu sein, aber ich konnte mich einfach nicht dazu bringen, sie zu fragen. Dann ist sie eines Tages mit meinem besten Freund nach Vegas abgehauen. Sie sind immer noch verheiratet. Haben drei Kinder.“

„Klingt vertraut“, schnaubte sie. „Willst *du* Kinder?“

„Irgendwann mal.“ Nichts, worüber er wirklich nachdachte. Zumindest nicht so, wie einige der Frauen in seiner Vergangenheit ihre Zukunft auf die Nanosekunde genau geplant zu haben schienen, einschließlich Kindern, Hund und Sommerhaus. Nur jetzt, in diesem Moment … „Ja, ich glaube schon.“

„Wie viele?“

Er neigte seinen Kopf in ihre Richtung und lächelte. „Ist das Teil der Abschlussprüfung?“

Ihre von Sonne und Wind bereits geröteten Wangen wurden noch eine Spur dunkler. „Ich bin nur neugierig.“

„Ich weiß es ehrlich gesagt nicht. Was ist mit dir?“
„Vier.“
„Die Antwort kam schnell.“
Sie zuckte mit den Schultern. „Ich bin ein Einzelkind. Ich habe immer gewusst, dass ich mehr Kinder möchte als nur eins.“

Das konnte er verstehen. So oft in seinem Leben hatte er sich gewünscht, er hätte einen Bruder, vielleicht sogar zwei Geschwister.

„Es müssen also mindestens zwei sein. Und wenn man bei drei aufhört, endet das mittlere Kind immer irgendwo mit einem Problem. Mit vier eliminiert man das Mittlere-Kind-Syndrom, und alles ist gut."

„Okay", er verkniff sich ein Lachen, „über die Psychologie lässt sich nicht streiten." Für den Bruchteil einer Sekunde hatte er eine Vision von einem Wohnzimmer, das dem sehr ähnlich sah, in dem er aufgewachsen war. Ein großer Weihnachtsbaum in der Ecke und vier Kinder, die Stapel von Paketen schüttelten und in der Mitte des Raums auspackten. Die Eltern saßen auf dem Sofa, tranken heißen Kakao und lächelten; ihre Gesichter waren etwas verschwommen, aber er hatte das Gefühl, der Vater zu sein. Interessanterweise schien die Vorstellung von vier Kindern auf einmal viel verlockender als noch vor ein paar Minuten.

Mit gefalteten Fingern lehnte sie sich näher an das Geländer. „Ich dachte, ich hätte den perfekten Mann für mich gefunden. Ich war gerade frisch auf dem College, als wir uns kennengelernt haben. Wir waren fast drei Jahre zusammen. Ab und zu hat einer von uns beiden Schluss gemacht, aber wir haben immer schnell wieder zueinander gefunden. Es war wie ein Magnet, mein wahrer Norden. Ich dachte, wir gehören zusammen."

Eine Weile herrschte Schweigen zwischen ihnen, und Dev fragte sich, ob er sie um den Rest der Geschichte bitten oder es bleiben lassen sollte, aber er konnte das Gefühl des Verlustes in ihren Augen sehen und wollte es unbedingt lindern.

„Was ist passiert?" wagte er schließlich leise zu fragen.

Ihr kurzes Glucksen klang fast spöttisch. „Ich hab Angst bekommen."

„Ich finde es schwer zu glauben, dass die Frau, die spontan durchs halbe Land gereist ist, um ihre Mutter vor meinem schrecklichen Vater zu retten, leicht Angst bekommt."

„Ha. Nein. Mein Herz hat sich ein ‚bis ans Ende aller Tage' gewünscht, aber mein Kopf hat behauptet, wir würden unglücklich werden. Dass ich die Erwartungen, die er hatte, niemals erfüllen könnte."

„So schlimm?"

Sie nickte. „Er hat mich wie eine Königin behandelt. Es war wundervoll. Immer wahnsinnig respektvoll und rücksichtsvoll. Dann, eines Tages, wurde mir klar, dass es mehr als das war. Für ihn war ich die perfekte Frau auf einem sehr hohen Podest, die nichts falsch machen konnte."

Er zuckte zusammen. Gesunder Respekt war eine Sache, aber das klang nach viel mehr.

„Keine normalsterbliche Frau wäre dem Schicksal entgangen, eines Tages von diesem Sockel herunterzustürzen und in Millionen kleine Stücke zu zerspringen. Also machten wir unseren Abschluss, und ich beendete die Beziehung. Seitdem habe ich nicht mehr mit ihm gesprochen."

„Klingt, als hättest du das Richtige getan."

„Das ist so verdammt lange her, und doch, selbst nach all den Jahren, denke ich manchmal in Momenten wie diesen, wenn ich auf den Ozean schaue: immer eine Brautjungfer, niemals eine Braut. Dann versuche ich mir mein Leben vorzustellen, wenn ich alt und zahnlos bin, und frage mich, ob ich einen Fehler gemacht habe."

„Auch wenn das vielleicht nicht besonders viel zählt – ich glaube es nicht."

Ganz langsam löste sie ihren Blick vom Wasser, um ihn anzusehen. Der Zweifel in ihren Augen war so stark, dass sogar er ihn sehen konnte. „Warum sagst du das?"

„Ich habe ein paar Ehen gesehen, in denen der Ehemann das hatte, was die Fachleute einen Madonna-Komplex in Bezug auf die Frau nennen würden. Es ging dann vielleicht ein paar Jahre gut, aber am Ende war die Frau immer sehr unglücklich."

Ihr Kopf wippte, und ein schwaches Lächeln erschien auf ihrem Gesicht. „Und wenn ich aufhöre, mich selbst zu bemitleiden, dann sage ich mir genau das. Danke, dass du mich daran erinnerst."

„Jederzeit." Er klatschte in die Hände, stieß sich von der Reling ab und drehte sich um. „Also, hier ist die Litanei faszinierender Informationen, die wir übereinander erfahren haben: Deine Lieblingsfarbe ist Grün, Lieblingskuchen Blaubeere …«

„Sauerrahm. Vergiss nicht den Sauerrahm, der macht bei Blaubeerkuchen einen riesigen Unterschied."

„Für alle Zeiten in mein Gedächtnis eingebrannt", neckte er sie und fuhr dann fort. „Du magst das Meer lieber als die Berge und bist lieber in Gesellschaft als allein."

Angie nickte.

„Du schätzt Freunde und Familie sehr wert und würdest für die Menschen, die dir wichtig sind, so ziemlich alles tun."

„Das habe ich nicht gesagt."

„Nein, aber deine Geschichten schon. Außerdem liebst du deine Mutter sehr, und es gibt nichts, was du nicht für sie tun würdest. Oh, und du hast eine Schwäche für Heavenly Hazes."

„Ha." Sie stieß ein Lachen aus. „Eine Reise nach Santo Domingo. Ein Fehler." Auch wenn ihre Worte das Gegenteil vermuten ließen, war ihr Tonfall fröhlich.

„Du spielst höllisch gut Karten. Wenn wir jemals in einer Rommé-Partie gegeneinander antreten sollten, muss ich gut aufpassen, denn du kannst Karten zählen wie ein Profi; und falls wir jemals zusammen nach Vegas fahren, werde ich auf jeden Fall auf dich setzen."

Diesmal lachte sie noch lauter. „Bei Letzterem wäre ich vorsichtig, aber ich werde an mir arbeiten."

Mit verschränkten Armen lehnte er sich zurück und sah sie abwartend an.

„Deine Lieblingsfarbe ist Blau. Lieblingsessen Lasagne. Der Grund, aus dem du beim Tanzkurs so mühelos mithalten konntest, ist, dass deine Mutter darauf bestanden hat, dass du tanzen kannst und es dir beigebracht hat."

„Es hat Spaß gemacht."

„Wie ich hast du dir schon früh ein Haus als Geldanlage und Altersvorsorge gekauft."

„So ist es."

„Ab und zu trinkst du gerne einen guten Bourbon, im Grunde bist du aber eigentlich eher der Typ für Bier und Brezeln."

„Etwas, das nach dem Dreißigsten nichts Gutes verheißt." Er tätschelte seinen bisher noch flachen Bauch und nahm sich vor, auf dieser Reise etwas mehr Zeit im Fitnessstudio zu verbringen.

„Noch musst du dir auf jeden Fall keine Gedanken machen." Sie kicherte.

„Ich nehme das mal als Kompliment."

Ihr Gesichtsausdruck wurde weicher. „Als das es beabsichtigt war."

Es fühlte sich vollkommen natürlich an, ihre Hand zu ergreifen und sie mit seiner zu bedecken. Vielleicht würde sich diese bevorstehende Scharade als leichter überzeugend für ihre Eltern erweisen, als sie zuerst gedacht hatten. Vielleicht.

Angie warf einen Blick auf ihre Uhr. Sie hatte keine Ahnung, wie das Schiff einen Kochkurs mitten im

Salon durchziehen konnte, und selbst in diesem Moment stellte sie sich noch immer die gleiche Frage. Obwohl die Veranstaltung eigentlich für alle Gäste des Schiffs zugänglich war, war der Raum ziemlich leer. Bisher befanden sich mit ihnen zusammen nur vier Paare im Salon.

„Juhu." Ihre Mutter winkte von der Rückseite des Zimmers. Raymond im Schlepptau trabte sie auf sie zu. „Tut uns leid, dass wir zu spät sind, wir haben nach dem Mittagessen nach dir gesucht."

„Wir waren draußen an Deck und haben das schöne Wetter genossen."

Raymond sah Julia bedeutungsvoll an. „Habe ich es dir nicht gesagt?"

„Ja, mein Schatz, hast du." Die Worte klangen liebevoller, als Angie erwartet hätte, und das begleitende Lächeln war eine ebenso große Überraschung. Tief im Inneren war sie entzückt, die beiden als Paar so im Einklang zu sehen, aber die Zynikerin in ihr fragte sich, wie lange ihre Mutter noch lächeln würde.

Dank der Beschränkungen eines Kreuzfahrtschiffes und des Fehlens von Spülbecken und Herden hatte der Kochkurs sommerliche Beilagensalate zum Thema.

Dev lehnte sich zu ihr rüber und raunte: „Auf keinen Fall ist ein Salat eine Mahlzeit."

Angie tat dasselbe und flüsterte: „Wer hätte gedacht, dass es auf dem Schiff so viele Ziegenkäsesorten gibt."

In den nächsten vierzig Minuten schnitten sie Salat, Spinat und Gemüse, die ihrer Meinung nach auf den Feldern hätten bleiben sollen. Hin und wieder flog ein verirrtes Blatt über eine Schulter oder eine Schüssel. Schließlich begann Dev aus purer Langeweile und mit Absicht zu werfen – mit grünen Blättern zielte er auf den Ausschnitt ihrer Bluse. Glücklicherweise war er ein lausiger Schütze. Bis …

„Hey." So beiläufig, wie sie konnte, wischte sie mit einem Finger über ihr Dekolleté, um das eigensinnige Blatt zu entfernen, aber ohne Erfolg. Es rutschte stattdessen nur noch eine Etage tiefer.

Grinsend wie die sprichwörtliche Grinsekatze starrte Dev unverhohlen auf ihren Ausschnitt. „Soll ich es versuchen?"

Spielerisch schlug sie ihm auf die Hand und tat so, als würde sie dem Koch auf dem kleinen Podest Aufmerksamkeit schenken, während sie den Kopf schüttelte. „Ich hole es später raus."

„Man kann einem Mann nicht vorwerfen, dass er es nicht versucht hat." Er verkniff sich ein weiteres Grinsen und warf eine Handvoll Cranberrys in die Schüssel.

Sie hatte keine Ahnung warum, aber sie wusste, was er mit den restlichen getrockneten Beeren vorhatte. „Wag. Es. Nicht." Sie drohte ihm mit erhobenem Finger und tat ihr Bestes, ihn streng anzusehen.

Mit vor Überraschung weit aufgerissenen Augen legte er sich eine Hand auf die Brust und täuschte Entsetzen vor. „Moi? Würde ich so etwas tun?"

„Ja." Sie nickte einmal scharf mit dem Kopf. „Behalte deine Hände bei dir."

Sie und Dev bemühten sich sehr, nicht zu laut zu lachen, um die anderen um sie herum nicht zu stören, und schafften es trotzdem, einen passablen Salat zum Abendessen zuzubereiten. Alles in allem hatte sie noch nie so viel Spaß beim *Kochen* gehabt.

„Wohin jetzt?", erkundigte sich Dev nach dem Kurs.

„Serviettenfalten", verkündete Julia fröhlich.

Devs Kopf schnellte zu seinem Vater herum, der nur lächelte und mit den Schultern zuckte.

Angie war sich ziemlich sicher, dass ihr Gesichtsausdruck zu seinem passte. „Das sollte … äh …

interessant werden."

Wie beim Kochkurs war es das Unterfangen an sich, das bei der Veranstaltung für ihre Unterhaltung sorgte. Angie begann lauthals zu lachen, als Dev das Schwan-Falten schließlich aufgab und die Serviette stattdessen wie einen Schleier auf seinem Kopf platzierte und eine weitere zum Blumenstrauß umfunktionierte, um seinen Vater auf Knien anzuflehen, ihn „am morgigen Tag zu ehelichen".

Da der Scrapbook-Kurs im Gegensatz zu den Spiel- und Tanzstunden ebenfalls für alle Passagiere offen war, entschieden Angie und Dev, sich zu verabschieden und von der Bar aus zuzusehen. An ihrer Stellte hatten sich Ben und Geri für dieses Event zu ihren Eltern gesellt. Angie wollte gar nicht so genau wissen, was die beiden während der letzten beiden Paar-Events gemacht hatten.

„Ich wette, die Leute denken, unsere Eltern sind seit Jahren verheiratet", sagte Dev, ohne seinen Vater und Angies Mutter aus den Augen zu lassen.

„Sie sehen gut zusammen aus, nicht wahr?"

Er nickte.

Aus Neugier richtete sie ihre Aufmerksamkeit auf Julias und Rays neue Freunde. „Es ist nicht nur ihr Alter."

„Was?" er drehte sich zu ihr um.

„Schau dir Ben und Geri an, sie wirken weniger aufeinander eingespielt. Sie agieren sich nicht so miteinander, als würden sie schon ganz lange alles Mögliche miteinander unternehmen."

Sein Blick kehrte zu den Scrapbookern und den neuen Freunden seines Vaters zurück. „Ja, du hast recht."

Die für das Programm verantwortliche Frau von der Schiffscrew bedankte sich bei allen für ihr Kommen, erwähnte das Bingo-Spiel, das bald in der

Lido-Lounge auf der anderen Seite des Schiffes starten würde, und begann dann damit, die restlichen Utensilien einzusammeln, bis sie von einigen Passagieren in ein Gespräch verwickelt wurde.

„Was meint ihr", sagte Julia, die jetzt vor ihnen stand, „Bingo?"

„Wir haben einen Satz Gratiskarten." Geri fächerte sich mit einem Stapel Bingo-Karten Luft zu, während sie mit den Wimpern klimperte.

„Süß." Ben schüttelte den Kopf.

„Der schnellste Weg über das Schiff führt durch das Casino."

„Oh." Angie seufzte. „Da ist es immer so ver-raucht."

„Halt dir die Nase zu." Ihre Mutter bot ihr den Arm an, worauf sich Angie unterhakte, und sie setzten sich gemeinsam in Bewegung. „Hast du Spaß?"

Zu ihrer großen Überraschung hatte Angie den tatsächlich. „Ja."

„Wie ich sehe, verstehst du dich gut mit Devon."

Fast hätte sie eingewendet, dass sie kein Paar seien und sich kaum kannten, als ihr klar wurde, dass sie mitspielen musste, wenn sie wollte, dass ihre Mutter glaubte, sie habe sich auf den ersten Blick verliebt. „Er scheint ein sehr netter Mann zu sein."

Ihre Mutter warf einen Blick über die Schulter und lächelte Ray an, der mit seinem Sohn und ihren Freunden einige Meter hinter ihnen ging. „Wenn an dem alten Sprichwort etwas dran ist, dass der Apfel nicht weit vom Stamm fällt, dann ist er wahrscheinlich wirklich sehr nett."

Angie nickte ihrer Mutter zu und dachte über die letzten zwei Tage nach. Wenn es doch nur so etwas wie ewige Liebe auf den ersten Blick gäbe.

„Oh, schau." Ihre Mutter ließ ihren Arm los und eilte ihr voraus ins Casino. Erst als sie vor zwei

Spielautomaten stehen blieb, verstand Angie, was genau sie eigentlich sehen sollte. „Vintage-Spielautomaten."

„Spielautomaten gibt es im Vintage-Stil?" Für Angie hatte das Wort Vintage bisher für Kleidung, Autos oder die Inneneinrichtung eines Hauses gestanden, die jemand für mehr Geld verkaufen wollte, als sie wert war.

Ihre Mutter verdrehte die Augen. „Du musst wirklich mehr vor die Tür, Liebes. Heutzutage spielt man mit Kreditkarten an Spielautomaten. Bargeldlos. Die Zeiten, in denen Münzen in einen Automaten gesteckt wurden, an einem Arm gezogen wurde und ein Strom an Münzen herauskam, wenn man den Jackpot geknackt hat, sind seit Jahren vorbei." Ihre Mutter strich beinahe liebevoll über die Seite der Maschine und bemerkte dabei eine kleine gedruckte Notiz. „Oh, wie lustig."

„Was ist lustig?" Raymond stellte sich neben sie.

„Hast du Kleingeld?"

Raymond tastete in seiner Hosentasche und zog schließlich ein paar Münzen heraus. „Nur diese. Auf dem Schiff brauche ich sowieso kein Bargeld."

„Das reicht schon." Julia nahm die Münzen und schob sie ganz langsam in den Schlitz; dann schloss sie die Augen und lächelte. „Drückt mir die Daumen." Sie zog den langen Hebel zu sich heran und quietschte dabei vergnügt wie ein Teenager.

„Ich wusste gar nicht, dass du auf Spielautomaten stehst." Langsam begann sich Angie zu fragen, wie gut sie ihre Mutter wirklich kannte.

„Oh, es macht unglaublich viel Spaß, an ihnen zu spielen, aber sie sind auch wahnsinnig tückisch. Als ich das letzte Mal mit deinem Vater eine Kreuzfahrt gemacht habe, hatten sie noch diese alten Maschinen. Damals saß ich eine ganze Nacht fröhlich am Hebel, während er einundzwanzig und Craps spielte."

„Daddy hat Craps gespielt?"

Ihre Mutter sah sie an. „Deine Großmutter hat ihm das Kartenspielen genauso beigebracht wie dir, Craps hat er aber beim Marine Corps gelernt."

„Oh." Angie war sich nicht sicher, warum es sie störte, dass sie das bisher nicht über ihren Vater gewusst hatte. Rasch schob sie das seltsame Gefühl beiseite und las die Notiz, die ihre Mutter in solche Aufregung versetzt hatte. „Da steht, dass diese alten Automaten auf der ganzen Schiffsflotte die Runde machen. Sie werden einen Monat lang auf jedem Schiff aufgestellt, bevor sie dem Glücksspielmuseum in Monaco gespendet werden."

Julia steckte die letzte Münze hinein, holte tief Luft und zog den Hebel.

Wie gebannt standen alle anderen um sie herum und starrten auf die sich drehenden Früchte. Eine Walze nach der anderen hielt an. Die erste zeigte Weintrauben, die zweite eine Zitrone und so weiter, bis die letzte Walze bei einem Drilling stoppte. Eine kleine Glocke läutete, und eine Menge Kleingeld ergoss sich in die Hände ihrer Mutter und auf den Boden.

„Ich hatte ganz vergessen, wie viel Spaß das macht."

„Du hast den Jackpot geknackt?" Angie konnte das Glück ihrer Mutter kaum fassen.

„Nein, nein. Wenn ich den Jackpot geknackt hätte, würde diese Maschine einen Höllenlärm machen und es würden immer noch Münzen rauskommen."

Die Hände fest auf ihren Schultern flüsterte Dev Angie ins Ohr. „Alles okay?"

Sie nickte und beobachtete, wie ihre Mutter die wenigen restlichen Münzen aufhob. Und währenddessen konnte sie nichts anderes denken als: Wer ist diese Frau und was hatte sie mit der echten Julia Cannon gemacht?

KAPITEL 12

Ein dünner Sonnenstrahl fiel durch die Lücke in den Fenstervorhängen. Nicht viel Licht, aber genug, um Devon wachzurütteln. Er war erst in den frühen Morgenstunden ins Bett gegangen. Nachdem Devs Vater Angies Mutter von den Spielautomaten hatte wegzerren können, hatte die Gruppe einen wirklich schönen Abend zusammen verbracht. Zuerst Abendessen mit Geri und Ben und einem anderen Paar aus der Destiny-Gruppe. Dann waren sie in eine der Lounges gegangen, um mit sehr viel Enthusiasmus an einem Musikquiz teilzunehmen. Anscheinend war das eine weitere Gemeinsamkeit zwischen seinem Vater und Angies Mutter. Irgendwie waren die beiden in der Lage, sich an Titel von Songs zu erinnern, die vor Ewigkeiten Hits gewesen waren, teilweise aus Zeiten, bevor sie geboren worden waren. Obwohl es niemandem geschadet hatte, dass er und Angie als Jüngste im Team einen Ausgleich geschaffen hatten, indem sie mehr im Bereich der neueren Songs hatten beisteuern können. Und da es beim Karaoke am Abend zuvor so gut gelaufen war, war die gesamte Gruppe neuer Freunde anschließend zum Open Mic weitergezogen. Nur dass es dieses Mal Angie und ihre Mutter gewesen waren, die ein Duett zum Besten gegeben hatten; eine fetzige Interpretation des alten Songs „King of the Road". Dev war überrascht gewesen, dass er überhaupt auf der Playlist gestanden hatte. Aber wenn man bedachte, wie viele ältere Passagiere an Bord waren, war es vielleicht doch nicht so seltsam. Wie erwartet hatten Angie und ihre Mutter die Bühne gerockt – offenbar fiel in mancher Hinsicht der Apfel tatsächlich nicht weit vom Stamm.

Am Ende der Veranstaltung waren die meisten Leute nach einem sehr langen Tag in ihre Kabinen gegangen. Doch um möglichst glaubwürdige zu wirken, verkündeten Dev und Angie, nachdem ihre Eltern angekündigt hatten, sich ebenfalls auf ihre Zimmer zu begeben, mit großer Begeisterung, dass sie auf jeden Fall noch aufbleiben würden, um mit Renee und ihrem Mann tanzen zu gehen. Angetrieben von Koffein und guter Musik hatten sie die Tanzfläche gestürmt, bis die Bar geschlossen hatte. All das führte dazu, dass es ihm an diesem Morgen nach nur wenigen Stunden Schlaf nicht besonders leicht fiel, aus dem Bett zu kommen. Wäre da nicht ihr Reverse-Psychology-Plan gewesen, den sie sich unter allen Umständen vorgenommen hatten durchzuziehen, hätte er auf alle heutigen Aktivitäten verzichtet und wäre bis zum Mittagessen liegen geblieben.

Ein Klopfen an der Tür ließ ihn schließlich aus den Federn kriechen. Er öffnete die Tür und war bereit, jeden, der die Frechheit hatte, ihn so früh am Morgen zu überfallen, wüst zu beschimpfen, als ihm ein großer, dampfender Becher mit einer Kaffeespezialität des Schiffes vor die Nase gehalten wurde.

„Ich dachte, du brauchst vielleicht einen kleinen Energieschub."

„Wenn ich nicht total verschlafen wäre, würde ich dich jetzt küssen." Er trat einen Schritt beiseite, um sie reinzulassen, und nahm einen langen, langsamen Schluck von dem himmlischen Kaffee.

Angie trat ein und schloss die Tür hinter sich. „Mir ist gestern aufgefallen, dass du deinen Kaffee mit

Milch und Zucker trinkst. Ich hoffe, ich habe die richtige Mischung getroffen."

„Perfekt. Vielen Dank." Er trank einen weiteren Schluck und bemerkte, dass sie für jemanden, der so wenig geschlafen hatte wie er, furchtbar wach und hübsch aussah. „Hast du deine Freundin angerufen?"

Angie nickte. „Gleich heute Morgen. Ich wünschte, du wärst dabei gewesen. Zuerst dachte Mina, ich würde mir das alles ausdenken. Deine Anwesenheit hätte mir etwa fünfzehn Minuten Überzeugungsarbeit erspart. Als ihr endlich klar wurde, dass Mom wirklich einen netten Kerl kennengelernt hat, der einen Sohn hat, der genauso entschieden gegen die Pläne der beiden ist wie ich, war sie total verblüfft. Als ich dann zum nächsten Teil über unseres Plan kam, haben mir alle drei Schwestern ins Ohr gekreischt, ich solle vorsichtig sein."

„Wirklich?" Er nahm einen weiteren großen Schluck.

„Wirklich." Sie setzte ein verlegenes Grinsen auf. „Du wirst dich sicher freuen zu hören, dass du und dein Vater laut Jo – die den schnellsten Internet-Background-Check aller Zeiten durchgeführt hat, ohne es mir zu sagen – eine blitzsaubere Weste habt und ihr das Ummarino-Screening bestanden habt."

Den Becher auf halbem Weg zu seinen Lippen hielt er inne und sah sie wieder an. „Das was?"

Kopfschüttelnd winkte Angie ab. „Vergiss es. Soll ich meiner Mom schreiben und sie wissen lassen, dass sie ohne uns frühstücken soll?"

Er schüttelte den Kopf. „Wenn es dir nichts aus-macht, warte doch kurz hier, ich bin gleich wieder da. Ich brauche nur fünf Minuten unter der Dusche, dann kanns losgehen."

„Das liegt daran, dass du deine Haare nicht föhnen musst." Sie setzte sich auf die Kante des ungemachten

Bettes und überlegte kurz, ob sie wenigstens die Decke glätten sollte; doch dann entschied sie schnell, dass sie sich dadurch lächerlich machen würde.

„Nein." Er lachte. „Das Problem habe ich wirklich nicht."

„Das Schiff liegt seit fast einer Stunde am Dock. Die Leute stehen Schlange, um an Land zu gehen. Hoffentlich löst sich die Menge auf, bis wir loswollen, sonst müssen wir das Frühstück kurz halten."

Ein weiteres Klopfen an der Tür veranlasste sie beide dazu, sich umzudrehen.

„Erwartest du jemanden?" Angie stand auf.

„Nein."

„Dann geh ruhig schon mal unter die Dusche. Ich sehe nach, wer es ist."

Nachdem sie die Tür aufgerissen hatte, sah sich Angie Devs Vater gegenüber. Er hielt eine Tasse Kaffee in der Hand und setzte eine neutrale Miene auf. „Ich dachte, Dev könnte vielleicht ein bisschen Koffein gebrauchen, um aus den Federn zu kommen."

Sie musste sich beherrschen, um nicht über ihre eigenen Worte zu stolpern. Hoffentlich sahen ihre Wangen nicht so heiß aus, wie sie sich in diesem Moment anfühlten. „Er ist gerade unter der Dusche, müsste aber gleich fertig sein; wir kommen dann hoch, um euch zum Frühstück zu treffen."

Er reichte ihr den Kaffeebecher. „Tut mir leid, ich hatte nicht damit gerechnet, eine zweite Tasse zu brauchen. Aber trink ihn ruhig selbst – das bleibt unser Geheimnis."

Das kleine Lächeln, bei dem er nur einen Mundwinkel hob, trug nur wenig dazu bei, dass sich Angies Verlegenheit verflüchtigte. Unter den gegebenen Umständen wusste sie es allerdings besser, als zu versuchen zu erklären – sonst würde sie am Ende nur wie ein schuldbewusster Teenager herumstammeln.

Deswegen begnügte sie sich mit einem einfachen „Danke".

Nachdem sie die Tür geschlossen hatte, stellte sie den Kaffee auf einen Beistelltisch und entschied, dass es wahrscheinlich gar nicht so schlecht war, dass Devs Vater sie in seiner Kabine gesehen hatte.

„Wer war es?" Die Badezimmertür öffnete sich, und Dev trat mit nacktem Oberkörper und in einer dunklen Shorts heraus; er rieb sich die Haare mit einem weißen Handtuch trocken. Er sah aus, als gehörte er auf die Titelseite einer Zeitschrift. Oder vielleicht auf das Cover eines Liebesromans.

„Dein Vater." Sie schnappte sich den Kaffee und hielt ihn ihm hin. „Er hat dir den hier mitgebracht. Er ist wirklich nett."

Dev nickte und blickte, eine Augenbraue hochgezogen, auf den Becher; dann wanderte sein Blick zur geschlossenen Kabinentür. „Interessant."

„Warum sagst du das?"

„Ich kann mich nicht erinnern, dass mein Vater mir jemals morgens einen Kaffee vorbeigebracht hat. Ich frage mich, was er vorhat."

„Glaubst du denn wirklich, er hat etwas vor?"

Dev nickte. „Vielleicht, aber", er warf einen Blick auf die Uhr an der Wand, „wir haben unsere eigenen Pläne."

Ja, die hatten sie. Und nachdem Angie mit den drei Ummarino-Schwestern darüber gesprochen hatte, hatte sie ernsthafte Zweifel an dieser ganzen Mission.

„Ich wusste es." Julia Cannon stand am Spielautomaten und nickte ihrem Verlobten zu. Mit einer Hand umklammerte sie einen mit Münzen gefüllten

Plastikbecher, mit der anderen zog sie am Griff.

„Ja." Ray trat näher. „Allerdings war schwer zu beurteilen, wie lange sie schon dort war."

„Was?" Julia unterbrach ihr Spiel und drehte sich zu ihm um.

„Zum einen war sie vollständig angezogen und hat anscheinend darauf gewartet, dass er aus der Dusche kommt."

„Und?"

„Wie viele Frauen kennst du, die darauf warten müssen, bis Männer fertig sind?"

Julia versteifte sich einen Moment, bereit zu protestieren, aber die Wahrheit war, dass sie wirklich keine Frau kannte, die auf ihren Mann warten musste. „Okay, vielleicht. Und zum anderen?"

„Nur eine Seite des Bettes sah aus, als hätte jemand darin geschlafen."

„Nun, ich habe sie richtig erzogen." Julia warf eine weitere Münze in den Spielautomaten. „Das ist so schön mit anzusehen. Auch wenn diese Maschine lediglich mein Geld aufsaugt und es nicht wieder ausspuckt. Ich hatte ganz vergessen, wie viel Spaß diese alten Spielautomaten machen. Die neuen können da einfach nicht mithalten."

„Die Neuen?"

„Ja. Das Drücken eines großen Knopfes ist nicht das Gleiche, wie diesen großen Hebel zu ziehen; und das einmalige Einstecken einer Karte in den Schlitz macht nicht so viel Spaß wie das Einwerfen einer Münze nach der anderen. Die ganzen elektronischen Geräusche sind in Ordnung, aber sie übertreffen nicht das Klirren der Münzen, die man versucht, mit einem Becher aufzufangen. Du solltest es auch mal versuchen."

Ray lachte. „Ich denke, du hast genug Spaß für uns beide."

„Wenn du meinst." Sie warf eine weitere Münze in den Schlitz und zog am Griff.

„Wir sollten uns langsam auf den Weg machen, wenn wir mit den Kindern frühstücken möchten."

Julia seufzte wehmütig und tätschelte die Maschine. „Bleib voll, bis ich wiederkomme. Ich bin heute Abend wieder da."

„Gut, dass wir so ein Ding nicht in unserem Haus rumstehen haben werden."

„Oder vielleicht doch?" Julia grinste breit, warf die Münzen in ihre Handtasche, hakte sich bei ihm unter und gab ihm einen Kuss auf die Wange. „Vielleicht aber auch nicht."

„Du wirst das Barbecue, das es zum Mittagessen auf der Insel gibt, lieben." Angie hängte sich die Strandtasche höher auf die Schulter und suchte die Mole ab.

„Glaubst du?" Für Dev schien es fast unwirklich, wie natürlich sie sich in ihre Rollen eingefunden hatten.

„Ich glaube schon. Ich meine, ich liebe es auf jeden Fall. Wenn du gerne Essen vom Grill magst, ist es absolut das Beste. Außer natürlich, du grillst nicht gerne, dann … Magst du Grill-Essen? Ich meine…"

„Entspann dich." Lächelnd griff Dev nach ihrer Hand, bereit, sie näher zu sich zu ziehen, und entschied sich aber in letzter Sekunde dafür, sie nur mit einem schnellen Schütteln zu drücken und dann rasch wieder loszulassen. „Ich liebe Grillen."

„Dachte ich mir."

„Ach, wirklich?"

„Na ja, ich schätze, nachdem ich dich in den letzten Tagen etwas kennengelernt habe, schien es mir, als würdest du es bestimmt mögen."

„Und du hast recht mit deiner Vermutung." Keine vierundzwanzig Stunden nach ihrer gemeinsamen Entscheidung, ihren Eltern etwas vorzuspielen, verstanden sie sich bereits besser als er sich mit jeder anderen Frau, mit der er eine Beziehung geführt hatte, verstanden hatte, einschließlich seiner Ex mit drei Kindern.

„Da ist unser Guide." Ray deutete auf den Mann, der rechts neben der Gangway stand und mit einem kleinen Schild mit dem Namen der Exkursion darauf winkte.

„Ich wollte schon immer mal in einem Glasbodenboot fahren." Julia rieb sich begeistert die Hände. „Wie könnte man einen Tag besser beginnen?"

„Unter Wasser", sagte Angie trocken.

„Bloß nicht." Julia schauderte. „Mit Schnorcheln komme ich klar, aber Tauchen scheint so riskant zu sein."

Dev lächelte Angies nervöse Mutter an. „Nicht, wenn du dich an die Regeln hältst. Außerdem entfernen sie sich hier nicht sehr weit von der Küste, und sehr tief runter geht man auch nicht. Dies ist eher für Leute gedacht, die das Tauchen im Schiffspool gelernt haben. Uns wird nichts passieren."

Die Touristengruppe vom Schiff, darunter Ben und Geri, bestieg den kleinen Bus, der sie über die Privatinsel zu einem anderen Pier brachte. Einige der erfahrenen Taucher hatten ihre eigene Ausrüstung mitgebracht, aber die meisten waren Urlaubstaucher wie Angie und er. Er war überrascht gewesen zu erfahren, dass es ihr, obwohl sie nur dieses eine Mal auf der Hochzeitskreuzfahrt ihrer Freundin getaucht war, so gut gefallen hatte, dass sie es unbedingt wieder tun wollte. Aus irgendeinem Grund hatte er sie eher für eine risikoscheue Frau gehalten. Vielleicht wegen der

Diet Cokes und weil sie so schnell errötete. Aber sie hatte auch eine andere Seite, eine mutige, furchtlose, die sich traute, vor Fremden ein Lied zu schmettern, die beim Pokern gewann, die ganze Nacht durchtanzte und außerdem gerne tauchte.

„Ich vertraue dir mein kleines Mädchen an – pass gut auf sie auf." Julia hielt seinen Blick fest.

„Mom", stöhnte Angie übertrieben.

Dev gab sich alle Mühe, nicht über die kurze Mutter-Tochter-Interaktion zu lachen. Da er keine der beiden Frauen verärgern wollte, hielt er dem Blick der Mutter stand und nickte nur. Der Blickkontakt kam einer stillschweigendes Vereinbarung gleich, und er hatte das seltsame Gefühl, dass seine Zusicherung viel mehr beinhaltete als nur das Tauchen, und Julia war die Erste, der er das mitteilte.

Sein Vater und die anderen, die die Bootsfahrt machen wollten, wurden am Pier entlang zu einem typischen Touristenboot geführt, ein kleiner Teil der Gruppe wurde auf die andere Seite zu einer Tauchhütte eskortiert, wo Schnorchelausrüstung, Body-Boards und weitere Schwimmausrüstung auf sie wartete. Gleich nebenan befand sich eine strohgedeckte Bar, die tropische Erfrischungen versprach.

„Ich bin Jeff", stellte sich der Mann auf dem Tauchboot vor. „Wer hat seine eigene Ausrüstung dabei?"

Mehrere Hände hoben sich.

„Großartig. Ihr haltet euch bitte an Ricky." Er zeigte auf den Teenager neben sich. „Der Rest von euch folgt mir; wir bereiten dann alles vor."

Weitere dreißig oder vierzig Minuten später trugen alle Teilnehmer des Tauchgangs Anzüge und waren ordnungsgemäß über die Sicherheitsvorkehrungen und das, was sie bei dem Tauchgang erwartete, informiert. Bei letzterem Teil musste Dev grinsen wie ein kleiner

Junge, er hoffte so sehr, wenigstens einen kleinen Riffhai zu sehen. Es gab ein paar Seen in der Nähe seiner Heimatstadt, wo er und ein paar Freunde ab und zu tauchen gingen; aber es war Jahre her, seit er irgendwo unter Wasser gewesen war, wo Fische in allen Farben des Regenbogens, Korallen und sogar Schiffwracks zu sehen waren.

Angie lehnte sich an ihn. „Bist du genauso aufgeregt wie ich?"

„Kommt darauf an, wie aufgeregt du bist. Aber ja, ich freue mich sehr."

Alle Taucher stellten sich in Paaren auf, absolvierten einen Buddy-Check und machten einer nach dem anderen mit einer Hand auf ihrer Körpermitte und der anderen an der Maske einen Schritt über den Bootsrand ins Meer. Angie und Dev waren die letzten beiden, die das Boot verließen.

Im Tauchshop in der Nähe des Piers hatte es die Möglichkeit gegeben, sich eine kleine GoPro-Kamera auszuleihen. Nach nur wenigen Minuten unter Wasser war Dev froh, dass er sich nicht dagegen entschieden hatte. Er hatte keine Ahnung, welcher seiner Freunde bereit wäre, sich von seiner Bilderreihe von Riffen langweilen zu lassen, die grünen Kakteen oder dem Fächer einer spanischen Flamenco-Tänzerin ähnelten, aber er machte die Fotos trotzdem.

Sie waren fast am Ende ihres ersten Tauchgangs angelangt, als Angie ein versunkenes Boot entdeckte, von dem man ihnen erzählt hatte. Schon aus der Ferne war es faszinierend anzuschauen. Dev machte sich eine mentale Notiz, beim zweiten Tauchgang auf jeden Fall wiederzukommen und das Wrack zu erkunden.

Angie schwamm ihm voraus und beobachtete einen Schwarm Papageienfische, wobei sich irgendwie der Schnorchel von ihrer Tauchmaske löste. Es war nicht weiter ungewöhnlich, dass ein Taucher dieses unbenutzte Ausrüstungsteil verlor, und er ging davon aus, dass Angie tiefer tauchen würde, um den Schnorchel zu holen. Damit sie nicht zu viel Abstand zueinander bekamen, was Dev überhaupt nicht gefallen würde, schwamm er ein wenig schneller und änderte seine Richtung.

Der Schnorchel landete sanft auf dem sandigen Meeresboden, nur wenige Augenblicke bevor Angie ihn einholte. Sie streckte den Arm aus und schloss die Finger darum. Im selben Moment gab sie ihm mit der anderen Hand ein Daumen-Hoch. Doch als sie den Schnorchel vom Meeresboden hob, bewegte sich der Sand darunter und ein Stachelrochen kam zum Vorschein.

Angie riss die Arme nach oben, wodurch ihr Körper nach hinten gedrückt wurde, sodass ihre Füße Richtung Wasseroberfläche deuteten. Dev schwamm auf sie zu, konnte sehen, wie sie kurz damit kämpfte, sich wieder aufzurichten, und verspürte Erleichterung, als sie es schaffte und sich zu ihm umdrehte, um noch einmal einen Daumen in die Höhe zu recken. Er hasste es, sie darauf hinzuweisen, dass ihre Zeit abgelaufen war, aber sie kam ihm zuvor und klopfte auf ihr Handgelenk. Mit einem Nicken wartete er ein paar Sekunden darauf, dass sie ihn erreichte, dann begannen sie langsam an die Oberfläche aufzusteigen.

Als sie ein ganzes Stück vor sich das Boot sahen, checkte Dev noch einmal die Anzeige auf seiner Tauchuhr – im selben Moment, als ein grauer Schatten an ihnen vorbeischwamm. Als er sich umdrehte, um den Fisch besser sehen zu können, spürte er eine Berührung an seinem Arm und riss den Kopf herum. Steif wie ein Brett klammerte sich Angie an seinen Arm und starrte in die Richtung, in die der große Fisch verschwunden war. Sie hatte ihn auch gesehen.

Er legte seine Finger um ihren Unterarm und

schwamm mit ihr die kurze verbleibende Strecke bis zum Boot. Sie durchbrach zuerst die Oberfläche, und während er ihr folgte, hielt er noch immer ihre Hand.

Dev schob seine Maske hoch und spuckte sein Mundstück aus. „Alles in Ordnung?"

Angie nickte, schüttelte dann sofort den Kopf und nickte erneut.

Dann endlich setzten seine Instinkte ein, und er zog sie in seine Arme. Mit geschlossenen Augen, die Maske noch über dem Gesicht, lehnte sie sich an ihn.

„War das ein Hai?"

Ihr Kopf bewegte sich rauf und runter.

„Es war nur ein kleiner." Er strich mit einer Hand über ihr entblößtes Kinn.

Immer noch an ihn gelehnt, schüttelte sie den Kopf. „Hat sich gar nicht mal so klein angefühlt, als er an uns vorbeigeschwommen ist."

„Komm schon, lass uns aufs Boot klettern."

Er konnte spüren, wie sie die Energie sammelte, um die verbliebenen Meter bis zur Leiter zu schwimmen und sie hinaufzuklettern. Sobald sie an Bord waren, legten sie ihre Ausrüstung ab und warfen die Masken in die bereitstehende Wanne mit Süßwasser.

Als sie nebeneinander standen und niemand anderes in der Nähe war, wagte er es, noch einmal zu fragen. „Geht es dir jetzt besser?"

Sie holte tief Luft und nickte, dann atmete sie langsam wieder aus. „Der Stachelrochen hat mich nur überrascht, aber der Hai hat mich zu Tode erschreckt. Übrigens, hast du ein Bild von beiden gemacht?"

Er schüttelte den Kopf. „Ich war anderweitig beschäftigt."

„Schade. Jetzt, da meine Herzfrequenz wieder normal ist, wird das Schwimmen mit Haien ein großartiges Gesprächsthema beim Abendessen sein."

Eine halbe Sekunde lang dachte er, sie würde lächeln.

„Es ist albern", fuhr sie fort, „aber ich glaube nicht, dass mir wirklich klar war, wie häufig Haie in diesen Gewässern vorkommen, bis er langsam genug auf mich zu geschwommen ist, dass ich schon dachte, er würde überlegen, mich zum Mittagessen zu verspeisen."

„Mit nur etwa ein Meter zwanzig ist er wahrscheinlich noch ein Baby. Da schafft er noch kein so großes Mittagessen."

Der Witz verpuffte, als Angie seinem Blick begegnete. Sie war definitiv alles andere als amüsiert.

„Tut mir leid. Komm her." Diesmal hielt er sich nicht von dem ab, was sich absolut natürlich anfühlte. Er trat einen Schritt auf sie zu, zog sie an sich und schlang beide Arme fest um sie. „Kann ich dir etwas bringen? Saft? Wasser?"

Ihr Kopf bewegte sich von einer Seite zur anderen, und sie lockerte ihren Griff um seine Taille. „Es geht mir wieder gut. Wirklich."

Als ihr Gesicht nur noch wenige Zentimeter von seinem entfernt war, vergaß er fast, dass sie sich auf einem Boot befanden, auf dem sehr viele andere Menschen herumliefen, und tat beinahe wieder, was ihm ganz natürlich erschien. Sich nicht um die anderen Leute scheren.

KAPITEL 13

„Wir haben euch einen Platz freigehalten." Julia deutete über den Tisch. „Als Vorspeise gibt es ein Gericht mit Rippchen und Mais, wenn ihr möchtet."

„Danke, Mom." Angie glitt auf die leere Bank gegenüber ihrer Mutter. Sie hatte das unbestimmte Gefühl, dass sie morgen früh Muskeln spüren würde, von deren Existenz sie bisher nichts geahnt hatte.

Eine Rippe auf halbem Weg zum Mund hielt Angies Mutter inne und legte sie zurück auf den Teller. „Du siehst ein bisschen geschafft aus. Ist alles in Ordnung?"

Angie griff nach einem Teller. „Es war ziemlich anstrengend. Ich benutze meine Schwimmmuskeln eher selten."

Julia blickte von ihrer Tochter zu Dev, wartete einen Moment und blickte dann zurück. „Hast du Wasser geschluckt?"

„Nein." Irgendwie kam sie sich ziemlich dumm vor, weil sie sich von einem gewöhnlichen karibischen Riffhai dermaßen hatte erschrecken lassen. Einige der Leute auf dem Boot waren ihm oder einem seiner Geschwister begegnet, und alle waren deswegen so begeistert wie Kinder in einem Süßwarenladen. Sie war die Einzige, die beinahe einen Herzinfarkt erlitten hatte.

„Angela Elizabeth Cannon."

„Nein. Ich habe kein Wasser geschluckt." Beinahe hätte Angie es dabei belassen, aber da sie aus jahrelanger Erfahrung wusste, dass es keinen Sinn hatte zu versuchen, etwas vor ihrer Mutter zu verbergen, entschied sie sich, die Wahrheit zu sagen. „Ich habe mich vor einem Hai erschreckt."

„Ein Hai!" Ihre Mutter presste sich in einer übertrieben dramatischen Geste beide Hände auf die Brust.

„Es war noch ein Baby", warf Dev ein. „Ein harmloser Riffhai, der an uns vorbeigeschwommen ist."

„Harmlos?" wiederholte ihre Mutter.

„Wenn mich der Stachelrochen nicht überrascht hätte, wäre ich vielleicht nicht so unvorbereitet gewesen, als der Hai aufgetaucht ist. Man hatte uns vorher gesagt, dass sie in diesen Gewässern weit verbreitet sind."

„Und du bist trotzdem tauchen gegangen?" Ihre Mutter schien die Neuigkeiten nicht besonders gut zu verkraften.

„Es ist keine große Sache, Mom. Ich gebe zu, ganz kurz habe ich mein Leben an mir vorbeiziehen sehen; aber Dev war direkt an meiner Seite, und ein halbes Dutzend anderer Taucher waren auch nicht weit entfernt. Wir waren alle vollkommen sicher."

Dev legte seine Finger um ihre Hand, die ihm am nächsten war, und drückte sie. Er hatte das heute schon mehrmals gemacht, und sie gewöhnte sich nicht nur daran, es begann ihr sogar zu gefallen.

Interessanterweise hatte sein Vater zur gleichen Zeit, als Dev seine Unterstützung angeboten hatte, dasselbe getan und ihre Mutter im Stillen beruhigt.

Diese ganze Reise war so ziemlich das surrealste Erlebnis, das Angie in ihrem bisherigen Leben gehabt hatte. Es geschah eine verrückte Sache, eine Überraschung, nach der anderen, und sie war sich nicht sicher, ob sie für das Unerwartete bereit war, das das

Universum als Nächstes für sie bereithielt.

An Deck, nach einer hastigen Dusche und dem Wechsel in seinen Smoking, hatte Dev keine Ahnung, warum die Leute Kreuzfahrten als erholsam und entspannend bezeichneten. Er hatte an diesem Tag mehr Schritte gemacht als ein Marathonläufer, und der Abend war mindestens genauso vollgepackt mit Events wie der Tag.

„Es ist mir egal, was auf dem Plan steht. Morgen werde ich mich in der Sonne entspannen und zumindest eine Weile die Meeresbrise genießen.“

„Das hast du dir verdient.“ In einem atemberaubenden, eng anliegenden, tiefrosa Kleid, das ihre schöne Figur betonte, stand Angie an seiner Seite und lehnte sich über das Geländer. „Ehrlich gesagt hätte ich auch nichts gegen eine Pause.“

„Also, bist du bereit?“

„Nein.“

Das war nicht die Antwort, die er erwartet hatte. Zumal diese bevorstehende Scharade der einzige Plan war, den sie hatten.

„Ich meine damit nicht, dass ich meine Meinung geändert habe. Ich denke immer noch, dass wir mit unserem Plan die besten Chancen haben, sie dazu zu bringen, ihre Entscheidung zu überdenken. Aber dir ist heute vielleicht schon aufgefallen, dass es mir ziemlich schwerfällt, Geheimnisse vor meiner Mutter zu bewahren. Ich bin mir nicht sicher, ob ich das durchziehen kann.“

„Es liegt an dir. Ich bin bereit, mir einen neuen Plan auszudenken. Ich bin sogar bereit, Dad am Hochzeitstag in den Schrank zu sperren, wenn es nötig sein sollte." Als er merkte, wie das klang, hielt er seine Hand hoch. „Nicht, dass ich deine Mutter nicht für eine nette Frau halte. Ich finde sogar, dass sie sich sehr gut verstehen. Soweit ich das beurteilen kann, könnte diese Sache zwischen ihnen funktionieren, aber jeder vernünftige Mensch würde uns unterstützen und vorschlagen, dass sie warten, um sicherzugehen, dass die Ehe die richtige Entscheidung ist."

Angie richtete sich auf und reckte ihr Kinn. „Du hast recht. Es ist zu ihrem Besten. Ich schulde es ihr."

„Sind wir uns in Bezug auf unsere Geschichte einig?" Er rückte etwas näher an sie heran.

„Nachdem wir ein paar Tage zusammen verbracht haben, ist uns aufgefallen, wie viel wir gemeinsam haben."

Er nickte. „Und dass es sich einfach richtig anfühlt, zusammen zu sein, Zeit miteinander zu verbringen."

„Und dank Mr Shark", sie lächelte amüsiert, „ist mir klar geworden, dass das Leben zu kurz ist, um immer auf Nummer sicherzugehen."

„Ja." Er strich mit dem Handrücken über ihre Wange. „Wir werden etwas in die Richtung sagen wie deine Mutter – wenn man es weiß, dann weiß man es eben."

„Ja", sagte sie leise.

Wenn es jemals den richtigen Zeitpunkt gab, ein Risiko einzugehen, dann heute Abend.

Er ließ seine Finger in ihren Nacken gleiten, kam noch näher und ließ seine Lippen auf ihren ruhen.

Der sanfte und zärtliche Kuss war genau das, woran sie sich erinnerte. Wenn sie schon bei diesem Spiel mitmachen wollte, konnte sie genauso gut All-in gehen.

Die Arme um seinen Hals geschlungen, stellte sie sich auf die Zehenspitzen und blendetet den Rest der Welt aus. Für den Rest ihres Lebens genauso zu verharren, schien die beste Idee zu sein, die sie je gehabt hatte. Aber dies war nicht ihre Realität.

Sie ließ ihre Arme sinken und trat einen Schritt zurück.

„Wir, äh, sollten, ähm, ganz natürlich miteinander umgehen. Das heißt, wenn wir wollen, dass unsere Eltern uns glauben." Devs Finger glitten ihre Arme hinunter und verschränkten sich mit ihren.

Sie legte die Hände auf sein Revers und nickte, aber ihr Mund war völlig trocken geworden, es kamen keine Worte heraus.

„Dad und Julias Destiny-Cocktail-Treffen sollte jetzt vorbei sein."

„Ja. Wir sollten sie suchen."

„Wir müssen ganz in unseren Rollen aufgehen." Er lächelte.

„Aufgehen", wiederholte sie.

Er ließ eine ihrer Hände los, hielt die andere jedoch fest, wandte sich von der Reling ab und begann, sie das Deck hinunterzuführen. „Auf zum Zauberer."

Es gab viele Dinge, die sie an Devon Miller mochte, aber dass er sie so leicht zum Lächeln oder Lachen brachte, stand ganz oben auf der Liste ihrer liebsten Eigenschaften. „Auf zum Zauberer."

Sie hatten es bis zu den Schiebetüren geschafft, als aus der entgegengesetzten Richtung ihre tadellos gekleideten Eltern Arm in Arm herangeschlendert kamen.

„Wir haben uns den wunderschönen Mond angesehen, bevor wir hineingegangen sind, um uns mit euch zu treffen." Ihre Mutter machte sich nicht die Mühe, sich auch nur eine Sekunde von ihrem Verlobten zu lösen.

Angie hingegen zog schnell ihre Hand aus Devs Griff. Eine reflexartige Reaktion von früher, von ihrer Mutter mit einem Jungen erwischt zu werden; aber zudem fühlte sie sich auch so nicht ganz wohl in dieser Situation.

„Draußen auf der ruhigen See, in einer mondhellen Nacht, das ist der perfekte Moment, um seine Gedanken zu ordnen", wandte sich Dev an seinen Vater.

„Unbedingt. Es gibt keinen besseren Ort, keine bessere Situation, um der Welt zu entfliehen."

„Warum suchen wir uns nicht ein ruhiges Plätzchen, wo wir uns in Ruhe unterhalten können?" Dev deutete mit einer Hand zur Tür und griff mit der anderen erneut nach Angies Hand.

„Ich bin mir nicht sicher, ob es auf diesem Schiff so etwas wie eine ruhige Ecke gibt", sagte Raymond, ging jedoch voran.

„Vor der Pizzeria gibt es einen schönen Platz." Dev folgte Angie hinein und hielt immer noch ihre Hand.

„Pizza?" Julia runzelte die Stirn. „Ich bin nicht gerade für Pizza angezogen."

„Sie servieren auch Kaffeespezialitäten und Tees. Wir könnten dort an einem der Tische etwas trinken und so den Menschenmassen entgehen, bis es Zeit für unser Abendessen ist."

„Das klingt nach einem Plan. Dann kann ich auch meinem Spielautomaten noch einen kurzen Besuch abstatten, wenn er gerade nicht vergeben ist."

Ray schüttelte den Kopf. „Du bist unverbesserlich."

„Ich bin nicht die Einzige, die die alten Maschinen zu schätzen weiß. Wenn ich vorbeigehe, steht meistens jemand davor und will gar nicht mehr weg."

„Was wiederum *uns* mehr Zeit verschafft, die Reise zu genießen." Ray lächelte Julia an, und die süße Art, auf die ihre Mutter seinen Blick erwiderte, brachte Angie ebenfalls zum Lächeln. Sie hoffte wirklich, dass wenn diese beiden eines Tages heirateten, es genauso schön zwischen ihnen bleiben würde, wie es gerade war.

Der Weg zur Pizzeria war kurz. Ihre Mutter bestellte ein Glas Wein, genau wie Ray. Angie wollte gerade ihre übliche Diet Coke ordern, als Dev sie überraschte, indem er einen heißen Tee nahm – worauf sie sich entschied, dass das eine viel bessere Idee war.

„So." Dev machte es sich an dem kleinen Tisch in der hinteren Ecke des Decks bequem. Er hielt Angies Hand und ließ ihre verschränkten Finger auf seinem Bein ruhen. „Wir haben viel über eure Hochzeitspläne nachgedacht."

„Hör zu, mein Junge, darüber haben wir doch inzwischen oft genug gesprochen."

Mit fest zusammengepressten Lippen beugte sich Julia vor und starrte ihre Tochter an. „In unserem Alter dauert es nicht lange, bis …"

„Schon gut, Mom", unterbrach Angie sie, „das wissen wir."

„Wenn ihr zwei uns eine Minute geben würdet." Dev wartete darauf, dass beide Eltern nickten, bevor er fortfuhr. „Wir haben uns viele Gedanken über die Dinge gemacht, die ihr zu uns gesagt habt. Außerdem hatten wir in den letzten Tagen die außergewöhnliche Gelegenheit, viel Zeit miteinander zu verbringen; dabei haben wir festgestellt, wie viel wir gemeinsam haben – außer euch beiden natürlich." Er gluckste. „Wir haben ähnliche Hobbys, mögen die gleiche Musik, haben denselben Sinn für Humor und ein gutes Verhältnis zu unserer Familie – selbst wenn sich manche Familienmitglieder ab und an ziemlich töricht verhalten. Aber was noch wichtiger ist, da ich so wahnsinnig viel gearbeitet habe und mich nur von meiner Karriere habe antreiben lassen, war mir nicht klar, wie viel ich dafür aufgegeben habe. Nachdem ich die letzten paar Tage nicht nur damit verbracht habe zu existieren, sondern wirklich das Leben *mit* Angie zu genießen, kann ich mir nicht vorstellen, wieder nonstop zu arbeiten und allein zu leben."

Angies Herz machte einen kleinen Satz. Wie schön wäre es, wenn ein Mann so etwas über sie sagen und es wirklich ernst meinen würde?

„Ähnlich wie ihr", fuhr Dev fort, „sind wir in unserem Alter oft genug auf Dates gewesen und haben genug Leuten kennengelernt, um ein Gespür dafür zu entwickeln, mit wem wir den Rest unseres Lebens verbringen möchten. Ihr habt absolut Recht, denn ich glaube nicht, dass Angie nächste Woche, nächsten Monat oder nächstes Jahr perfekter für mich wäre, als sie es heute bereits ist."

Im selben Moment, als sich ihr Herz zusammenzog, hörte sie das überraschte Einatmen ihrer Mutter, bemerkte ihre weit aufgerissenen Augen und wie sie eine Hand auf den Mund legte. Ein Teil von Angie wünschte sich, dass das alles real wäre. Dass sie und Dev wirklich ineinander verliebt wären, aber ein anderer Teil von ihr verspürte angesichts der Reaktion ihrer Mutter eine Welle des Optimismus über sie hinwegspülen. Zumindest etwas Gutes hatte Dev mit seiner erstaunlichen schauspielerischen Leistung also bereits vollbracht. Würde der Mann jemals aufhören, sie zu überraschen? Es würde ihr wirklich sehr leichtfallen, diesen Mann zu lieben.

Als Dev ihre Hand drückte, wurde ihr klar, dass er sie um ihren Beitrag bat. „Ich hätte es selbst nicht besser ausdrücken können." Sie sah ihn an und lächelte so verliebt, wie sie konnte, wobei sie sich gleichzeitig daran erinnerte, dass der Ausdruck in Devs Augen nicht von wahrer Liebe herrührte, sondern gute

Schauspielerei war. Dann ließ sie all die Emotionen, die in ihr aufkeimten, in ihre Miene fließen und betete, dass ihre Mutter sie als echte Verliebtheit interpretierte.

„Also", Dev wandte den Blick von ihr ab und wieder ihren Eltern zu, „wir möchten der Destiny-Gruppe beitreten und mit allen anderen Paaren an Bord heiraten."

Es herrschte Schweigen, und Angie hätte am liebsten lauthals losgejubelt. Ihr war vollkommen klar, dass ihre Eltern nur nach den richtigen Worten suchten, um ihnen beiden zu sagen, dass sie verrückt geworden seien.

„Du willst heiraten?" fragte Devs Vater.

Sie beide nickten, bevor Dev antwortete. „Ihr beide wart es doch, die uns immer wieder gesagt haben: warum warten."

Ray und Julia sahen sich an, und Angie war sich sicher, dass sie stumm ein ganzes Gespräch führten. Als beide schließlich zustimmend nickten, fragte sich Angie, wie zum Teufel sie es so früh in ihrer Beziehung hinbekamen, sich scheinbar ohne Worte zu verständigen.

Dann sah Angies Mutter zu Dev und ihr, klatschte in die Hände, sprang von ihrem Platz auf, rannte um den kleinen Tisch herum und umarmte ihre Tochter so fest, dass Angie nicht sicher war, ob sie je wieder zu Atem kommen würde. „Ich wusste es!"

Angie schnappte nach Luft, immer noch zerquetscht in der Umarmung ihrer Mom.

Dann lehnte sich Julia ein Stück zurück und nahm Angies Gesicht zwischen die Hände. „Es war der Hai, nicht wahr?" Sie wandte sich an Dev. „Seinem eigenen Tod ins Gesicht zu blicken, lässt einen im Leben klarer sehen." Sie drehte sich um, küsste ihre Tochter auf die Wange und setzte sich mit einem tiefen Seufzen wieder neben ihren Verlobten. „Ihr werdet so unglaublich glücklich sein!"

„Was haben wir falsch gemacht?" Angie starrte auf ihre Diet Coke. Nachdem sie einige Erinnerungsfotos gemacht hatten, um den Moment festzuhalten, und anschließend ein ganzes Hummer-Essen und eine Litanei an guten Wünschen hinter sich gebracht hatten, waren sie zu dem Schluss gekommen, dass die Neuigkeiten nach einem Drink verlangten.

Also saßen sie jetzt in der Champagnerbar und hörten einer Band im Smoking zu, die Melodien spielte, die Dev nicht mehr gehört hatte, seit er als Kind mit seiner Mutter den Oldies-Filmkanal angeschaut hatte.

Dev nahm einen Schluck von seinem Drink. „Glaubst du, sie brauchen nur Zeit, um die ganze Sache sacken zu lassen? Um zu erkennen, wie verrückt unsere Idee ist?"

„Ich weiß es ehrlich gesagt nicht, aber was ich weiß, ist, dass wir diese Scharade durchstehen müssen."

„Ich denke auch. Vorerst sind wir jetzt also verliebt und können nicht ohne einander leben."

„Ja, das ist eine gute Zusammenfassung." Der Blick, den sie auf ihre gemeinsam tanzenden Eltern gerichtet hatte, wirkte beinahe traurig.

„Hey." Dev nahm ihre Hand. „Geht es um deine Mutter oder etwas anderes?"

Angie kicherte. „Ist es etwa schon so weit, dass du als Verlobter meine Gedanken lesen kannst?"

„Vielleicht." Er zuckte lächelnd mit den Schultern, hielt ihre Hand und zog sie auf die Füße. „Erzähl mir auf der Tanzfläche, was los ist."

Das Stück, das gerade gespielt wurde, kam ihr bekannt vor. Vielleicht eins von Cole Porter oder

Gershwin. An einem Abend, an dem alle schwarze Krawatten und Smoking trugen, schien die Musik eine passende Hommage an eine längst vergangene Ära zu sein. Als Kind hatte er den Liedtexten in den alten Filmen nie viel Aufmerksamkeit geschenkt. Aber heute Abend drangen die Worte in sein Bewusstsein. Wer auch immer sie geschrieben hatte, musste verliebt gewesen sein oder sich an eine Zeit erinnert haben, in der er sich in jemand Besonderen verliebt hatte. Mit jeder Zeile fühlte sich Dev stärker mit dem Sänger verbunden. Er würde diesen Abend, diese Reise, vor allem Angie nie vergessen. Weder die Art, wie ihre Augen aufleuchteten, wenn sie lächelte, noch wie sie sich in seinen Armen anfühlte, wenn sie die ganze Nacht zusammen tanzten, oder wie sie sang und ihre Träume verfolgte und ohne jeden Zweifel sein Leben veränderte.

„Habe ich schon erwähnt, wie gut du im Smoking aussiehst?"

Er schüttelte den Kopf.

„Und wie sehr ich es liebe, wie du tanzt?"

„Nein." War es verrückt, dass sein Herz einen Sprung machte, als er das Wort „Liebe" aus ihrem Mund hörte? Nur um ihr Lächeln zu sehen, drehte er sie einmal um die eigene Achse und zog sie dann zurück in seine Arme. Er freute sich, dass sie sich dichter an ihn schmiegte. Und es schien nur angemessen, da es im nächsten Lied darum ging, Wange an Wange zu tanzen.

„Darf ich um diesen Tanz bitten?" Julia tippte Dev auf die Schulter.

Sein Vater lächelte Angie an. „Und ich auch, wenn es dir nichts ausmacht?"

„Gar nicht." Angie erwiderte sein Lächeln, löste sich von Dev und wandte sich seinem Vater zu.

„Ihr zwei seid ein schönes Paar", sagte Julia, die

darauf wartete, dass Dev sich in Bewegung setzte.

Dev hielt mehr Abstand zu ihr als zu Angie und führte sie über die Tanzfläche, als handelte es sich um seine eigene Mutter.

„Allerdings gebe ich zu, dass ich nicht erwartet habe, dass ihr die Verbindung so schnell bemerkt."

„Verbindung?"

„Vom ersten Tag an, als ich euch beide zusammen gesehen habe, war da dieser Ausdruck in euren Augen, wenn sich eure Blicke getroffen haben. Ein sehr ehrlicher, respektvoller und fast ein wenig ehrfürchtiger Ausdruck. Die perfekte Grundlage für ein gemeinsames Leben."

„Und das hast du gleich bei unserer ersten Begegnung in der Karaoke-Lounge gesehen?"

„Nun ja, vielleicht nicht gleich dort. An dem Abend war ich ziemlich wütend auf Angie und hab nicht auf viel anderes geachtet. Aber am nächsten Morgen beim Frühstücksbuffet war es nicht zu übersehen."

Dev nickte, nicht ganz sicher, was er dazu sagen sollte. Nicht ganz sicher, was er zu all dem sagen oder was er tun sollte. Ihm war nur klar, dass die nächsten Tage sehr wahrscheinlich entweder die besten seines Lebens werden oder seinen Untergang bedeuten würden.

KAPITEL 14

„Das ist großartig." Angie saß auf Devs Schoß, der locker seine Arme um ihre Taille geschlungen hatte, und leckte noch einmal an dem hausgemachten Kokosnusseis.

Dev lehnte sich etwa zur Seite und zog an der Hand, in der sie die Waffel hielt. „Du sollst teilen."

„Tue ich doch. Du leckst einmal", sie hielt ihm das Eis hin, „und ich zweimal."

„Hey." Dev lachte mit diesem tiefen Grollen, bei dem ihr ganz warm ums Herz wurde.

„Kein Streit ums Eis." Julia drohte ihnen spaßeshalber mit dem Finger.

Geri nahm einen weiteren Löffel von ihrem Mangoeis aus dem Becher. „Lass die Kinder ihre Spaß haben. Man ist nur einmal verlobt, und bis zur Hochzeit sind es nur noch ein paar Tage."

Die letzten zwei Tage hatten sie damit verbracht, von Insel zu Insel zu fahren, um jegliche Touristenattraktion zu besuchen, und anschließend an sämtlichen Abendveranstaltungen teilgenommen, die das Schiff anbot. Und die ganze Zeit über spielten sie für jeden, der zuschaut, das verliebte und verlobte Paar.

Das Beängstigende für Angie war, dass ihr die Rolle mit jedem Tag leichter fiel. Und mit jeder neuen Sache, die sie zusammen unternommen hatten, hatte sie ein wenig mehr vergessen, dass sie eigentlich schauspielerten.

Ben drehte die Wanderkarte der Insel um, die er in der Hand hielt, „Der nächste Halt sollte ein alter Kirchhof sein. Die Grabsteine stammen aus dem 16. Jahrhundert.“

Geri sah alles andere als begeistert aus. „Das soll eine Attraktion sein, alte Gräber anschauen?“

Ben zuckte mit den Schultern.

„Ach, komm schon.“ Julia stand beschwingt auf und warf ihre Serviette in den Mülleimer. „Zu versuchen, Grabsteine zu entziffern, kann richtig Spaß machen.“

Manchmal fragte sich Angie, was ihre Mutter unter Spaß verstand.

Händchenhaltend schlenderten die drei Paare die kurze Strecke die zweispurige Hauptstraße hinunter, die mehr aus Erde denn aus Asphalt bestand. Als Angie ein kleiner Laden mit einer rosafarbenen Markise ins Auge fiel, zog sie Dev hinter sich her darauf zu.

„Was ist das?“ Er spähte über ihre Schulter ins Schaufenster.

„Es sieht aus wie ein Muschelladen.“ Fasziniert von der Ausstellung unterschiedlich großer und farbiger Muscheln wirbelte sie herum, um ihn anzusehen, ohne seine Hand loszulassen. „Können wir reingehen?“

„Sicher.“ Dev rief den anderen zu, dass sie gleich nachkommen würden, und folgte Angie dann in den Laden.

„Oh, das ist ein Souvenirladen.“ Von der Auslage der Muscheln im Schaufester hatte Angie keine solche Warenvielfalt im Laden erwartet.

Dev drehte einen Keramikbecher in der Hand, um den Boden zu betrachten, stellte ihn dann wieder ab und griff nach einer Holzstatuette auf einem anderen Regal, die er ebenfalls umdrehte, um zu sehen, ob etwas in den Boden eingraviert war. „Das ist kein gewöhnlicher Souvenirladen; es sieht mir eher aus wie Kunsthandwerk. Alles scheint handgefertigt zu sein, und möglicherweise handelt es sich sogar um Unikate."

Ohne die Hände voneinander zu lösen, gingen sie langsam von Regal zu Regal und sahen sich die angebotenen Stücke genau an. Ein Teller fiel Angie ganz besonders auf. Sie überlegte gerade, wo sie das Porzellan-Kunstwerk, auf das ein Sonnenaufgang gemalt war, zu Hause aufhängen würde, wenn sie den Teller erstand, als sie bemerkte, dass Dev ein Regal mit mundgeblasenen Glaskunstwerken bewunderte.

„Oh, wie hübsch."

„Ja, genau das habe ich auch gedacht. Dieser Delphin ist unglaublich."

Das Meeressäugetier war etwa fünfzehn Zentimeter groß, und egal in welche Richtung man es drehte, der Blick des Delphins schien einem zu folgen. Doch es wirkte nicht gruselig, sondern sehr süß, als wollte er einen auffordern, mit ihm zu spielen. Aus einigen Blickwinkeln leuchtete er in verschiedenen Blau- und Grünschattierungen, an anderen Stellen war das Kristall ganz klar und an wieder anderen schimmerte es im schönsten Karibik-Meer-Türkis. „Ich kann mir gar nicht vorstellen, wie schwer es ist, so etwas herzustellen."

„Geht mir genauso. Ich habe viele Fähigkeiten, aber keine Talente. Schon gar keine künstlerischen."

„Das ist nicht wahr." Sie drehte sich zu ihm um, sodass sie Oberkörper an Oberkörper standen, und lächelte ihn an. „Ich weiß zufällig, dass du ein fantastischer Tänzer bist."

„Das ist eine Fähigkeit." Er beugte sich vor und gab ihr einen Kuss auf die Nase. „Aber trotzdem vielen Dank für das Kompliment."

„Nein, ist es nicht. Ich meine, ja, es ist eine erlernte Fähigkeit, aber um wirklich gut zu sein, muss man auch

Talent haben. Viele Leute nehmen Unterricht und bewegen sich dennoch wie ein Roboter auf der Tanzfläche."

Er kicherte leise, schüttelte ganz leicht den Kopf und legte einen Arm um ihre Taille. „Hat dir schon mal jemand gesagt, dass du eine Art hast, Menschen das Gefühl zu geben, etwas Besonderes zu sein, und dass es sich lohnt, sich jeden Tag darauf zu freuen?"

Überrascht von dem süßen Kompliment, lächelte sie und zuckte mit den Schultern. „Kann ich nicht sagen."

„Sie, meine liebe Dame, sind ein Juwel." Er beugte sich vor, und sie glaubte, er würde ihr einen weiteren schnellen Kuss auf die Nase geben, doch stattdessen landeten seine Lippen kurz auf ihren, sodass ihr Mund zu prickeln begann und sie sich nach mehr sehnte. „Lass uns den Mann für den Delphin bezahlen und unsere Eltern finden."

„Meine Mom wird garantiert hier vorbeischauen wollen, nachdem sie mit dem Entziffern von Grabsteinen fertig ist."

Dev lachte wieder. „Deine Mutter ist wirklich eine Nummer für sich, was?"

„Ehrlich gesagt habe ich diese lebenslustige Seite an ihr schon lange nicht mehr gesehen, aber ich denke, ich kann mich daran gewöhnen."

„Das könnte ich auch. Und wie es aussieht, hat sich mein Vater bereits daran gewöhnt."

„Hey, habt ihr beide vor, den ganzen Laden aufzukaufen?" Devs Vater steckte seinen Kopf durch die Tür und winkte ihnen zu. „Macht schnell, wir brauchen Verstärkung – deine Mutter hängt an den Grabsteinen wie an diesen alten Spielautomaten."

„Wir kommen." Dev bezahlte den Delfin, und selbst während er an der Kasse stand und der Mann hinter dem Ladentresen den Delfin einpackte, ließ Dev keine Sekunde ihre Hand los.

Ja, vielleicht hatten die beiden ihre Rollen ein wenig stärker verinnerlicht, als sie sollten.

Dass Angie zu lieben nur eine Show war, wurde für Dev immer schwieriger zu glauben. Mit jedem Tag, der verging, schien es ihm selbstverständlicher, dass sie gemeinsam Dinge unternahmen, zusammen lachten. Als würde sich alles, was sie ihren Eltern gegenüber behauptet hatten, bewahrheiten. Er hatte unglaublichen Spaß daran, jeden Tag etwas Neues über sie herauszufinden. Angie machte es einem leicht daran zu glauben, dass das Leben mit der richtigen Person jeden gewöhnlichen Tag zu einem Abenteuer machen konnte. Er konnte sich nicht vorstellen, ohne sie in sein sesshaftes Leben zurückzukehren.

„Ju-hu!" Renee winkte ihnen vom oberen Ende der Gangway zu. „Hattet ihr einen schönen Tag?"

„Einen ganz tollen Tag", rief Angie zurück.

„Seid ihr bei dieser kleinen Eisdiele gewesen?" Renee trat neben ihre neue Freundin, als Angie das Schiffsdeck erreichte.

Angie nickte. „Superleckeres Eis."

„Welche Sorte hattest du?"

„Kokosnuss."

„Ich hatte Guave. Wer hätte gedacht, dass Guave so gut schmecken kann." Sie wandte sich an Dev. „Und du?"

„Wir haben geteilt." Er sah Angie an und hob eine Augenbraue. „Zumindest war das der Plan."

„Hey, ich habe ganz gerecht geteilt. Du hast schließlich mit einmal Lecken viel mehr Eis gegessen als ich mit zweimal." Angie grinste ihn an. Die Art, wie sie auf seine Neckerei einstieg, war nur ein weiteres Beispiel dafür, wie man aus etwas so Gewöhnlichem wie Eisessen ein lustiges Erlebnis machen konnte, bei dem man sehr viel Spaß hatte.

„Absolut", stimmte Renee zu. „Mein Schatz und ich essen heute Abend im Steakhouse zu Abend. Wir haben versucht, eine Reservierung für vier zu ergattern, aber das war leider nicht mehr möglich."

„Kein Problem. Wir sind sowieso total satt. Wir haben gerade darüber gesprochen, das wir das große Essen heute Abend ausfallen lassen und uns nach dem Duschen und Umziehen einfach einen kleinen Happen vom Buffet holen. Oh, ich muss dir unbedingt den schönen Glasdelfin zeigen, den wir gekauft haben!"

„Aus dem Muschelladen?" Renee sah sie gebannt an.

„Ja!", jubelte Angie begeistert.

„Wir haben eine Schildkröte gekauft, aber es hat ewig gedauert, bis wir uns für die entschieden hatten. Am liebsten hätte ich alles gekauft."

„Uns ging es ähnlich"

Die beiläufige Art, mit der Angie das Wort „uns" verwendete, ließ Devs Mundwinkel nach oben zucken.

„Tut mir leid, eure Begeisterungsstürme zu unterbrechen." Renees Mann zog an der Hand seiner Frau. „Aber unsere Reservierung für das Abendessen ruft."

„Wir sehen uns später wieder, ja?", fragte Renee. „Nach der Show."

„Sehr gerne." Angie winkte ihnen zum Abschied zu und sah dann Dev an. „Nach dem ganzen Gerede über Steak zum Abendessen habe ich plötzlich viel mehr Hunger als gedacht."

„Geht mir ganz genauso. Was meinst du, wollen wir uns an der Promenade einen Snack vom Café holen?"

„Ich meine, das wäre genau das Richtige."

Auf dem Weg zum Café blieben sie eine Weile im Atrium stehen, wo als Showeinlage eine Torte gebacken und verziert wurde. Eine arme Frau wurde aus den umstehenden Passagieren ausgewählt, um sich dem Kapitän und dem Koch für die kleine Einlage anzuschließen. Während die drei Schlagsahne, kandierte Kirschen und Schokoraspeln auf dem Kuchen verteilten, begann Angies Magen laut zu knurren. „Jetzt habe ich richtig großen Hunger."

Dev griff nach ihrer Hand, und sie steuerten mit schnellen Schritten das Café an.

Kurz darauf saß Angie am einzigen freien Tisch im vorderen Bereich unter freiem Himmel und biss in ein großes Sandwich. „Okay, was sagt es über mich aus, wenn meine beiden Lieblingsgerichte auf diesem Schiff Hotdogs und Sandwiches sind?"

„Dass du eine Frau ganz nach meinem Geschmack bist?", bemerkte er grinsend. „Der Hummer ist an die beiden Sachen also nicht drangekommen?"

Sie wischte sich einen Tropfen Mayonnaise aus dem Mundwinkel und legte bedächtig den Kopf von einer Seite auf die andere. „Okay, doch, der Hummer war mein Favorit, aber die Hotdogs und Sandwiches landen knapp dahinter auf Platz zwei."

Dev stieß ein amüsiertes Glucksen aus.

Bevor sie ihr improvisiertes Abendessen beenden konnten, erschien wie aus dem Nichts Angies Mutter mit Devs Vater an ihrer Seite.

Julia hielt eine riesige Flasche Champagner hoch. „Schaut mal, was wir gerade gewonnen haben! Wir haben an einer dieser albernen Verlosungen vom Weinladen teilgenommen und tatsächlich gewonnen!"

„Oh, wie schön." Angie reckte beide Daumen in die Höhe. Bei Tombolas und Lotterien hatte ihre Mutter schon immer Glück gehabt. Nicht bei den großen Lotterien, die einen über Nacht zur Millionärin machten, aber Angie glaubte auch nicht, dass ihre Mutter jemals ein Rubbellos gekauft hatte.

Devs Vater zeigte auf die Flasche. „Wir dachten, wir heben die für den Hochzeitstoast auf. Sie wird uns allen für den Rest unseres Lebens Glück bringen."

Angies Mutter trat einen Schritt zurück. „Ich bringe sie schnell in unsere Kabine, anschließend gehen wir zum Abendessen. Wir treffen uns dann beim Musikquiz."

„Bis später", antwortete Dev, als sich die beiden verabschiedeten.

„Glück für den Rest unseres Lebens", wiederholte Angie.

Dev nickte.

Angie legte den Rest ihres Sandwiches auf den Teller. „Unser Plan geht nicht auf, oder?"

„Ich würde sagen, man kann mit ziemlich großer Sicherheit behaupten, dass unsere Eltern nicht die Absicht haben, ihre Hochzeit zu verschieben."

„Uns läuft die Zeit davon", stellte sie das Offensichtliche fest.

„Und was machen wir jetzt?"

„Ehrlich gesagt habe ich keine Ahnung."

Da konnte Dev ihr nur zustimmen. Im Moment hatte er von sehr vielem keine Ahnung.

KAPITEL 15

Angie hatte recht. Die Idee, dass ihre Eltern anhand ihres Beispiels erkannten, dass sie selbst einen Fehler begangen, war nicht aufgegangen. Wenn Dev ehrlich zu sich selbst war, hatte er von Anfang an wenig Vertrauen in den Plan gehabt, aber nichtsdestotrotz jede Minute davon genossen.

Auch am vergangenen Abend hatten sie die Scharade fortgesetzt, die für ihn keine mehr war. Sie hielten Händchen, er streichelte ihre Schulter, wenn sie sich streckte, und sie tätschelte sein Bein, wenn er beim Quiz die richtige Antwort gegeben hatte. Sie hatten gelacht, sich gegenseitig aufgezogen, und der Gute-Nacht-Kuss an ihrer Tür hatte einen Bruchteil länger gedauert als der am Abend zuvor.

Ob es ihm gefiel oder nicht, sie würden ein aufrichtiges Gespräch darüber führen müssen, was seine wahren Gefühle für sie betraf – wenn er nur nicht so verdammt große Angst davor gehabt hätte, dass es das letzte Gespräch sein könnte, das sie als Seelenverwandte miteinander führten.

„Du machst ein schrecklich ernstes Gesicht. Ist dein Kaffee kalt?" Sein Vater setzte sich neben ihn.

„Nein, ich denke nur über einiges nach." Dev schaute auf seine Uhr. „Angie hat uns schon mal Liegestühle in der Sonne reserviert. Ich wollte nur erst diese letzte Tasse austrinken."

„Ihr zwei seid ein tolles Team.“

„Ja, das sind wir.“ Er sah über die Schulter seines Vaters in Richtung der Kaffeestation, von der er gekommen war. Er hatte sich inzwischen daran gewöhnt, seinen Vater nicht mehr ohne Angies Mutter an seiner Seite zu sehen. „Wo ist Julia?“

„Wir haben heute schon früher gefrühstückt. Anschließend ist sie losgezogen, um ihren Anspruch auf den Spielautomaten geltend zu machen. Ich gehe nicht davon aus, sie bald wiederzusehen.“

„Der Automat macht ihr wirklich Spaß. Glaubst du, sie entwickelt ein Problem?“

„Mit Glücksspiel, meinst du?“ Sein Vater schüttelte den Kopf. „Nein, sie hat nur ein wenig Spaß. Es ist ganz schön schwer, mit reinen Münz-Spielautomaten viel Geld zu verlieren; und ich denke, zum Teil geht es vor allem darum, die seltene Gelegenheit zu nutzen, etwas noch mal zu erleben, das ihr vor sehr langer Zeit schon sehr viel Freude gemacht hat.“

„Wenn du dir sicher bist.“

Sein Vater nickte. „Sehr sicher.“

„Dachte ich mir, dass du das sagen würdest.“ Dev schob seinen Stuhl vom Tisch weg. „Ich wünsche euch beiden dieses Glück für den Rest eures Lebens.“

„Das bedeutet mir – und – sehr viel. Mehr als du dir vorstellen kannst.“ Sein Vater schlug ihm auf die Schulter. „Und nun zu dir und Angie.“

Die Schiffspfeife durchbrach die friedliche Flaute eines faulen Nachmittags in der Sonne.

„Ich frage mich, was das soll …“ Angie machte sich nicht die Mühe, die Augen zu öffnen. Es war der erste Tag, an dem sie endlich die Sonne und die frische

Luft genießen konnte, ohne irgendwo sein oder etwas tun zu müssen.

„Auf dem letzten Schiff, auf dem ich war, haben sie jeden Tag getutet, meist wegen irgendeines medizinischen Notfalls. Es ist erstaunlich, wie viele Menschen stolpern und sich etwas verstauchen oder aufgrund der Hitze zusammenbrechen." Renee sah sich um. „Ich frage mich, warum es so lange dauert, einen Heavenly Haze zu mixen." Sie legte eine Hand auf Angies Arm. „Du hattest so recht mit diesem Cocktail, er schmeckt einfach nur lecker."

„Aber sei bloß vorsichtig, die machen ihn mit ordentlich viel Alkohol."

Die Pfeife ertönte noch einmal.

„Schon wieder." Renee schnaubte, verzog ihr Gesicht und imitierte die Durchsage, die sie auf der letzten Reise so häufig gehört hatte: „Alpha, alpha, alpha."

Nur dass die Lautsprecherstimme ein ganzes anderes Wort wiederholte: „Bravo, bravo, bravo."

Renee riss verwundert die Augen auf. „Der Spruch ist mir neu."

Dev sah sich aufmerksam um. „Feuer."

„Feuer?", rief Renee und sprang von ihrer Liege auf.

„Ich hoffe, es ist nichts Ernstes." Angie schaute sich nach Anzeichen einer echten Gefahrenquelle um.

„Bitteschön, Ma'am." Ein breitschultriger Barkeeper mit Augen so blau wie das Meer und einem Lächeln, das die Gedanken einer Frau an Orte schweifen ließ, an denen sie nichts zu suchen hatte, hielt Renee ein Tablett hin, auf dem ihr Cocktail stand.

„Danke", sabberte Renee praktisch.

„Lassen Sie ihn sich schmecken", sagte der gut aussehende Typ und machte auf dem Absatz kehrt.

Angies Blick verweilte immer noch auf dem sich

entfernenden Rücken des Mannes, als Renee einen leisen Seufzer ausstieß. „Das werde ich."

„Oh, schau dir das an!" Ein paar Stühle weiter wedelte eine Frau mit einem riesigen Schlapphut mit einer Hand über das schlafende Gesicht ihres Mannes und deutete mit der anderen in die Ferne. „Das sieht nicht gut aus."

Eine Wolke aus dunkelgrauem Rauch stieg von der Vorderseite des Schiffes auf, und noch einmal ertönte „Bravo, bravo, bravo" aus den Overhead-Lautsprechern. Diesmal dringlicher als zuvor, wie es Angie schien.

„Die Frau hat recht. Das hört sich nicht gut an."

„Die Crew weiß, was sie tut." Devs ruhige Worte passten nicht zu dem besorgten Ausdruck in seinen Augen, während er den Blick über das Deck und Richtung Horizont wandern ließ.

Angie kam der Gedanke, dass wenn etwas ernsthaft schieflief, wenn sie wirklich in Schwierigkeiten steckten, die Crew da sein würde, um sich um die Leute zu kümmern – nur dass weit und breit kein Crewmitglied in Sicht war. Nicht einmal ein Barkeeper. Abgesehen von der Frau, die immer noch auf den Rauch zeigte, schien die Situation die meisten Leuten an Deck nicht weiter zu besorgen. Verdammt, die meisten Gäste lagen noch immer auf ihren Liegestühlen und genossen die Sonne, ohne sich der drohenden Gefahr bewusst zu sein. Gerade in diesem Moment schlenderte ein Paar an ihnen vorbei, das sich an den Händen hielt und leise unterhielt, ohne dem Rauch, dem Tuten oder der Handvoll Leute, die sich für das Geschehen interessierten, die geringste Beachtung zu schenken. „Ich kann mich gar nicht entscheiden, ob ich die Verrückte bin, weil ich wissen will, warum Rauch von irgendwo her kommt, oder ob all diese Leute verrückt sind, weil sie offensichtlich lieber in der

Sonne liegen, als sich in Sicherheit zu bringen."

Renee lächelte Angie zu, bevor sie einen weiteren Schluck von dem fruchtigen Getränk nahm. „Auf diesen Schiffen muss es häufiger kleine Brände geben, von denen wir alle nichts mitbekommen. Ich bin sicher, dass sich die Crew schnell darum kümmern wird."

„Ich habe ähnliche Geschichten gehört", sagte Angie und versuchte, sich selbst ein wenig damit zu beruhigen. „Meine Freundin Michelle unternimmt sehr gerne Kreuzfahrten, und einmal hat sie mich mit einer Geschichte über einen Kabelbrand zum Lachen gebracht. Es gab wohl viel Aufregung, aber am Ende war es keine große Sache." Die Erinnerung daran führte dazu, dass sie sich ein bisschen besser fühlte. Dev und Renee hatten recht. Die Schiffsbesatzung wusste, was sie tat. „Ich trage meine Uhr nicht. Wie lange noch, bis wir uns mit Mom und Ray treffen wollten?"

„In einer halben Stunde in der Champagner-Lounge", antwortete Dev.

„Oh, ich liebe Champagner." Renees gute Laune wurde mit jedem Schluck ihres zweiten Heavenly Haze' noch besser.

„Ich bin mir nicht sicher, warum sie die Veranstaltung so nennen, aber Mom liebt die Musik, die sie dort spielen. Sie meinte, dass sie sie an ihre Jugend und die Lieder erinnert, die ihre Mutter gerne gehört hat."

Dev betrachtete den dunkler werdenden Rauch und legte eine Hand auf Angies Schulter, um sie an sich zu ziehen und ihr einen Kuss auf die Schläfe zu geben. „Ich denke, es wäre eine gute Idee, etwas früher nach unten zu gehen und nach Julia und Ray zu sehen."

Renees Ehemann nickte. „Das klingt nach einer hervorragenden Idee. Lass uns gehen, Renee."

„Aber ich habe gerade erst meinen Drink bekommen."

Steve reichte seiner Frau eine Hand. „Liebling, drinnen gibt es noch mehr davon. Wir sollten wirklich versuchen, den Massen zuvorzukommen.“

„Den Massen zuvorzukommen?“ Renee umklammerte ihr Getränk fester. „Du gehst vor. Ich warte hier auf dich.“

„Renee“, sagte er, diesmal etwas strenger.

Mehrere kurze Töne des Schiffshorns ertönten, gefolgt von einem sehr langen Ton.

„So viel dazu, den Massen zuvorzukommen“, murmelte Dev.

„Ist das nicht …?“ Angie war nicht die Einzige, die sich nicht sicher war, ob die Änderung der Tonfolge nicht doch ein Notsignal bedeutete. Einige der Leute, die sich bisher zurückgelehnt und alles um sich herum ignoriert hatten, setzten sich nun ebenfalls auf. Andere, die spazieren gegangen waren, blieben stehen und sahen nach oben, als ob die Antwort irgendwo am Himmel geschrieben stehen könnte.

„Komm.“ Dev fasste Angie am Ellbogen und schob sie vorwärts. „Wir können deine Mom und meinen Dad auf dem Weg zu deiner Kabine finden.“

„Lass uns gehen, Renee“, drängte Steve seine Frau, sich zu beeilen.

„Ich lasse mein Getränk nicht stehen.“ Sie stand auf, warf sich ihr Handtuch über den Arm und nahm ihr Glas mit.

Angie wäre fast stolpernd zum Stehen gekommen und bemühte sich bewusst, ihre Füße dazu zu zwingen, sich vorwärts zu bewegen, um mit Dev Schritt zu halten.

Es erklangen erneut die gleichen Töne hintereinander, gefolgt von einem langen, gleichmäßigen Tuten. Dann war ein Klicken in den Lautsprechern zu vernehmen, bevor die Stimme des Kapitäns zu hören war: „Alle Besatzungsmitglieder und Mitarbeiter zu den ihnen zugewiesenen Sammelplätzen." Er wiederholte die Anweisung noch einmal, bevor die Lautsprecher verstummten.

„Das ist nicht gut", murmelte Steve.

„Sehe ich ganz genauso." Dev beschleunigte seine Schritte.

„Würdet ihr bitte ein bisschen langsamer gehen", sagte Renee.

Wieder ertönte die Sirene, nur dass der Kapitän diesmal alle Passagiere aufforderte, sich an ihren Sammelstellen zu melden.

Von der beiläufigen Gleichgültigkeit, die eben noch unter den meisten Gästen geherrscht hatte, war nichts mehr zu spüren. Mit Ausnahme einer mit Bräunungsöl eingeschmierten Frau, die lediglich die nächste Seite ihres Taschenbuchs umblätterte, sprangen die Menschen, die bisher auf Liegestühlen gelegen hatten, auf wie Hunde, die etwas gewittert hatten. Einige verstauten ihre Habseligkeiten sorgfältig in Taschen oder warfen sie sich achtlos über die Arme, während andere schon auf den Beinen waren und aussahen, als wären sie bereit zu fliehen – wenn sie nur gewusst hätten, in welche Richtung.

„Das ist definitiv nicht gut." Dev sah sich suchend nach links und rechts um, bevor er sich einmal um die eigene Achse drehte und Angie hinter sich herzog. „Sieht so aus, als kämen wir auf diese Weise schneller nach unten."

Als ein orangefarbener Blitze an der Seite des Schiffes aufleuchtete, beschleunigten die Leute ihr Tempo, als ob sie sich beeilen würden, einen Zug am Grand Central Terminal zu erwischen. Dazwischen liefen lachend Kinder umher und hatten den Spaß ihres Lebens. Ganz im Gegensatz zu den Passagieren, die über die verlassenen Liegen sprangen, um zuerst die Flure unter Deck zu erreichen.

Dev zog Angie eng an seine Seite. „Das wird nicht so einfach, wie es mir lieb wäre."

An der Tür drinnen zog derselbe Typ, der Renee ihr Getränk serviert hatte, jetzt eine Schwimmweste an und deutete auf das Glas in ihrer Hand. „Es tut mir leid, Ma'am, aber kein Essen oder Trinken an den Sammelpunkten."

„Ich werde einfach hier auf euch alle warten." Renee wandte sich in die Richtung, aus der sie gerade gekommen waren.

„Renee, das ist keine Übung", erinnerte ihr Mann sie.

„Okay. Na gut."

Angie erwartete, dass ihre neue Freundin das Getränk abstellen oder an den Mann mit der Schwimmweste weiterreichen würde, doch stattdessen legte sie den Kopf in den Nacken und trank das Glas in einem Zug leer.

„Das könnte interessant werden", flüsterte Dev Angie ins Ohr.

„Ich fürchte auch."

Verglichen mit dem Beinahe-Chaos an Deck lief es im Inneren des Schiffes viel geordneter ab. Wenn man bedachte man, dass der Kapitän alle Passagiere zu ihren Sammelstationen befohlen hatte, was bedeutete, dass sie zuerst in ihre Kabinen gehen mussten, um ihre Schwimmwesten zu holen, schienen die meisten Leute herumzulaufen, als wäre dies nur eine weitere Übung.

„Ich möchte zuerst bei meiner Mom vorbei." Angie lehnte sich an Dev, hielt den Blick aber geradeaus gerichtet. „Ich weiß, wir sollten eigentlich keine Umwege nehmen, aber …"

„Ich weiß. Mal sehen, wie es vorangeht." Dev wollte Angie ihren Wunsch gerne erfüllen, aber er wusste, wie schnell sich eine solche Situation drehen konnte. Obwohl sie und ihre Mutter zufällig auf derselben Etage untergebracht waren, befanden sie sich an entgegengesetzten Enden des Schiffes. Wie bei jedem Brandfall waren die Aufzüge gesperrt, und die Besatzung winkte alle Passagiere zu den Treppenhäusern. Es war, als würde sich eine Dose voller Sardinen sehr langsam die Treppen hinabbewegen. Ob sie es schaffen würden, sowohl die Kabine von Angies Mutter als auch Angies eigene aufzusuchen, war fraglich.

Als sie Julias und Rays Stockwerk erreichten, stieg Dev ein leichter Rauchgeruch in die Nase, und in den Fluren blinkten Stroboskoplichter.

„Disco!" Renee riss die Arme in die Luft und begann zu trällern: „Wo wollen bloß all die lustigen Leute hi-hin."

Erst jetzt fiel Dev auf, dass die Frau, die ihren letzten Drink in einem einzigen Zug ausgetrunken hatte, die Schuhe ausgezogen hatte, die sie nun in einer Hand hielt, während sie über den Flur tänzelte. Schade, dass sie keine Zeit für eine Kaffeepause hatten, um sich die Show, die sie ihnen bot, in Ruhe anzusehen.

„Da ist es." Angie verlangsamte ihre Schritte, als sie sich der Kabine ihrer Mutter näherten. „Oh, es ist offen."

Dev erreichte die Tür einen Moment vor ihr und stieß sie auf. Der kleine Raum sah wie fast jeder andere auf dem Schiff aus. Nur dass die Passagiere der anderen Kabinen hastig Türen zuschlugen, aneinander stießen, die Schwimmwesten aus dem Schrank zerrten und zurück zu den Haupttreppen eilten. Der Anblick, der sich ihnen hier bot, war dagegen ein ganz anderer.

„Ach je." Angie sah genauer hin. „Was…?"

Von dort, wo er stand, konnte Dev nur das Hinterteil und die Beines eines Mannes in dunkler Shorts, weißen Socken und Sandalen sehen, dessen Kopf unter dem Bett steckte.

„Oh. Partyspiele!", jubelte Renee und spähte über Devs Schulter, dann senkten sich ihre Augenbrauen und sie schürzte die Lippen zu einem perfekten Schmollmund. „Welches Spiel ist das?"

„Ganz egal, mein Schatz." Renees Ehemann zerrte seine Frau von der Tür weg. „Wir holen unsere Schwimmwesten und treffen uns an Deck."

Dev nickte und wandte seine Aufmerksamkeit wieder dem Mann zu, der am Boden lag.

„Was zur Hölle?", brachte Angie die Situation auf den Punkt.

In diesem Moment rutschte Ray Miller mit zwei orangefarbenen Schwimmwesten unter dem Bett hervor. „Hat dir schon mal jemand gesagt, dass deine Mutter eine störrische Frau ist?"

Offensichtlich sprach er mit Angie. Zumindest dachte Dev das.

Sein Vater stand auf. „Julia wollte mehr Platz im Schrank, also hat sie die Schwimmwesten unter das Bett gelegt."

„Das erklärt zumindest, warum du auf dem Boden gelegen hast." Angie nickte. „Aber was ist mit meiner Mutter?"

„Du meinst wohl ‚wo'. Ich hab sie nicht vom Spielautomaten loseisen können."

„Was?" Angie sah von Ray zurück zu Dev, als könnte er ihr Antworten auf ihre Fragen liefern.

„Sie denkt, es ist nichts Ernstes und dass es vorbei sein wird, bevor wir die Schwimmwesten geholt haben."

„Das ist verrückt." Angie stieß einen tiefen Seufzer aus.

„Ja, das trifft es ziemlich gut." Ray nickte und ging an ihnen vorbei. „Vielleicht kannst du es ihr erklären."

In dem Lautsprecher über ihren Köpfen knisterte es, dann machte der Kapitän mit gedämpfter Stimme eine Durchsage. Zwischen dem Lärm, der aufgrund der Aufregung auf den Fluren herrschte, und dem Alarm im Hintergrund war er nur sehr schwer zu verstehen.

„Was hat er gesagt?" Ray starrte auf den Lautsprecher an der Decke.

Dev seufzte. „Sie lassen die Rettungsboote runter."

KAPITEL 16

„Verdammt, diese Frau." Mit den zwei Schwimmwesten in der Hand machte Ray Miller Anstalten, an seinem Sohn vorbeizustürmen.

„Warte, Dad." Dev hielt seinen Vater am Ellbogen fest. „Lasst uns alle zusammen gehen. Gib uns nur eine Sekunde, damit wir auch unsere Schwimmwesten holen können. Um zum Casino auf der anderen Seite des Schiffs zu kommen, müssen wir sowieso an unseren Zimmern vorbei."

Sein Vater nickte, während Angie Dev einen besorgten Blick zuwarf.

„Es wird alles gut. Wahrscheinlich hat deine Mutter recht. Die ganze Situation wird sich vermutlich schon wieder in Wohlgefallen aufgelöst haben, bis wir bei den Rettungsbooten angekommen sind."

„Das hoffe ich doch." Angie folgte ihm aus der Kabine. „Eben war ich noch gar nicht allzu nervös, aber plötzlich ist da dieser Knoten in meinem Magen, und der gefällt mir gar nicht."

Dev gefiel die ganze Sache auch nicht.

Die Besatzung war an den Ausgängen positioniert und ermutigte die Passagiere, sich bei den ihnen zugewiesenen Sammelpunkten zu melden; dabei drängten sie all diejenigen, die noch auf dem Flur verweilten oder auf dem Weg zu ihren Kabinen waren, um ihre Westen zu holen, zur Eile. Eltern scheuchten

Kinder den Flur hinunter, andere Kinder schienen wiederum ohne Begleitung herumzulaufen, wofür Dev überhaupt kein Verständnis hatte.

Sie schafften es aus dem Flur und die Treppen hinauf. Dev hatte mit mehr Anweisungen durch das Personal gerechnet, aber die Menschenmassen schufen ihr eigenes Chaos. Ein paar Leute, die sich die Treppe hinauf statt hinunter schlängelten, wie eigentlich vorgesehen, blieben völlig unbemerkt.

„Da ist sie ja!"

„Mom!"

„Hallo Schatz." Julia war immer noch damit beschäftigt, Münzen in den Automaten zu werfen und fröhlich am Hebel zu ziehen, als stünde das Schiff nicht in Flammen. Das Ganze hatte etwas Filmisches – obwohl sich vermutlich nicht mal ein Filmemacher eine solche Storyline hätte ausdenken können. Es fehlte nur noch die Band, die im Hintergrund spielte.

„Wo sind die Angestellten?" Dev begriff nicht, wie man hatte zulassen können, dass Julia hier in aller Seelenruhe weiterspielte.

„Gegangen."

„Sie haben dich hier einfach allein gelassen?", fragte Devs Vater erstaunt.

„Nicht wirklich." Julia warf eine weitere Münze in den dafür vorgesehenen Schlitz. „Ich habe mich in der Ecke da hinten versteckt, bis keiner mehr da, während sie sich nach Passagieren umgesehen haben. Nicht sehr gründlich, wenn ich das dazusagen darf, sonst hätten sie mich garantiert entdeckt." Sie zog erneut an dem langen Hebel des Spielautomaten.

Ray reichte ihr eine der Schwimmwesten. „Zieh die an."

„Dieses Monster hat den ganzen Morgen über nicht einen Cent ausgespuckt. Ich weiß einfach, dass sich meine Geduld jede Minute auszahlen wird. Denk doch mal daran, was wir mit dem Geld aus einem Jackpot alles machen könnten."

„Julia", sagte Ray, diesmal mit tieferer Stimme und etwas strenger.

„Hier." Julia gab ihrer Tochter die restlichen Münzen. „Du steckst weiter welche rein, während ich die Schwimmweste anziehe."

„Julia!" wiederholte Ray lauter.

„Ich ziehe sie ja schon an."

Angie starrte in den fast leeren Münzbecher und dann hoch zu Dev. Er hatte keine Ahnung, was er zu alledem sagen sollte.

„Trödel nicht", drängte Julia ihre Tochter, während sie sich die orangefarbene Weste über den Kopf stülpte.

Angie schob eine Münze in den Schlitz, zog am Griff und zuckte mit den Schultern, als nichts passierte. Bevor ihre Mutter ein Wort sagen konnte, steckte sie eine weitere Münze hinein und zog erneut. „Das macht irgendwie Spaß."

„Oh nein, nicht du auch noch!" Ray warf seine Hände in die Luft und wandte sich an seine Verlobte. „Lass uns gehen. Die Schwimmweste können wir dir an Deck richtig festschnallen."

„Oh, eine Sekunde mehr kann nicht schaden." Julia besaß die Kühnheit, zu Dev aufzublicken und zu zwinkern. Als hätte er etwas mit diesem ganzen Wahnsinn zu tun.

Angie zog den Hebel, doch es gab wieder keinen Gewinn.

Ray packte Angie an einer Hand und Julia an der anderen. „Meinetwegen stelle ich dir einen Scheck anstelle des Jackpot-Gewinns aus, wenn das hier vorbei ist, aber wir gehen jetzt."

„Sei nicht albern." Julia seufzte und eilte widerwillig neben Ray her. „So viel Geld hast du gar nicht, um damit um dich zu werfen." Als Ray daraufhin schwieg, sah Julia ihren Verlobten mit großen Augen an. „Ach du lieber Himmel. Hast du doch?"

Geordnetes Chaos. Nur so konnte Angie die Menschenmassen an Deck beschreiben. Ray hatte Recht gehabt, mehrere der Rettungsboote waren bereits ins Wasser gelassen worden. Die Realität, dass sie das Schiff tatsächlich verlassen mussten, traf sie auf einmal mit voller Wucht.

Dev legte eine Hand auf ihr Kreuz. Die Geste, mit der er höchstwahrscheinlich darauf abzielte, sie an Deck nicht zu verlieren, führte dazu, dass sich ihre aufkeimende Panik ein wenig legte.

„Danke", murmelte sie.

„Du bist auf einmal ein wenig grün um die Nase geworden."

„Ich bin okay. Alles wird gut."

„Ja, das wird es."

Jeder Passagier musste seine Schlüsselkarte unter einen tragbaren Scanner halten, den einer der Mitarbeiter festhielt – was durchaus Sinn ergab. So wurde keine Zeit damit vergeudet, lange Listen durchzugehen, um die Namen der Passagiere darauf abzuhaken. Bis jetzt war Angie nicht klar gewesen, dass die Rettungsboote ganz anders aussahen, als sie sie sich vorgestellt hatte. Sie waren überdacht und hatten auf jeder Seite eine schmale Tür, sodass man darauf weder einen Sonnenstich bekam noch über Bord gehen konnte. Und es passten weit mehr Menschen darauf, als sie erwartet hatte.

Nachdem Julia und Ray auf eines der Boote geholfen worden war, wandte sich das zuständige Besatzungsmitglied Angie zu, um ihr seine Hand hinzuhalten, zu Dev dagegen sagte er: „Tut mir leid, nur noch ein Passagier. Sie müssen auf das nächste Boot."

Dev trat einen Schritt zurück, worauf Angie herumwirbelte. „Ich nehme auch das nächste Boot."

„Nein." Dev sah sie an. „Geh. Wir sehen uns bald wieder. Alles wird gut."

„Ich …"

„Bleib bei meinem Vater und deiner Mom." Er trat einen weiteren Schritt zurück.

Das Ganze gefiel Angie überhaupt nicht. Ein Besatzungsmitglied saß an der gegenüberliegenden offenen Tür, erteilte den Passagieren Anweisungen und versicherte ihnen, dass sie diese Übung schon Hunderte Male gemacht hätten und dass alles ein Kinderspiel sei. Vor ihr befestigte der Mann von der Crew, der mehr als nur ein wenig erleichtert aussah, dass er Angie nicht dazu hatte zwingen müssen, in diesem Boot sitzen zu bleiben, ein Seil mit einem Karabinerhaken vor der Tür und setzte sich. Kurz darauf wurde das Boot mit seinen Passagieren, die wie Sardinen in einer Büchse nebeneinander eingepfercht saßen, langsam zu Wasser gelassen.

Angie gab sich die größte Mühe, Dev zwischen den anderen Passagieren an Deck zu erspähen; sie hielt Ausschau nach einem sandfarbenen Haarschopf, einem weißen Hemd und neontürkisfarbener Shorts. Nur dass ihr das Rettungsboot, das immer noch an der Seite des Decks befestigt war, leider die Sicht versperrte. Erst als das Boot, in dem sie saß, schaukelnd auf die Wasseroberfläche traf, schaffte sie es, ihren Blick für ein paar Sekunden abzuwenden. Die Passagiere an Bord brachen in Applaus aus, ähnlich wie es der Fall war, nachdem ein Flugzeug sicher auf der Landebahn aufgesetzt hatte. Sie persönlich war allerdings nicht der Ansicht, dass es Grund zum Applaudieren gab, bevor sie sich nicht alle wieder an Bord eines sicheren Schiffes befanden oder festen Boden unter den Füßen hatten.

„Das war nicht so schlimm, wie ich erwartet hatte." Erst jetzt, als Ray sie anlächelte, fiel Angie auf, wie ähnlich sich Vater und Sohn waren, wenn sie lächelten.

Ausgestattet mit einem Motor, auf dessen PS-Stärke sie all die alten Filme über sinkende Schiffe nicht vorbereitet hatten, schoss das Boot vorwärts. Mit all den anderen Rettungsbooten fuhren sie über das aufgewühlte Meer, bis sie an einer Stelle anhielten, die offensichtlich als sichere Entfernung zum Kreuzfahrtschiff angesehen wurde; von dort beobachteten sie das Geschehen in der Ferne und warteten ab. Nur dass sich Angie weniger für das große Urlaubsschiff interessierte als für ein ganz bestimmtes Rettungsboot. Genau wie vorhin ihr Boot wurde nun auch das, in dem sich Dev befinden musste, langsam vom Oberdeck aufs Wasser heruntergelassen. Doch im Gegensatz zu ihrem stetigen Abstieg wurde Devs Boot auf halbem Weg nach unten langsamer und schwankte hin und her. Bei dem Anblick setzte Angies Herz für einen Schlag aus, und sie sprach ein stilles Dankesgebet, dass mit ihrem Boot nicht das Gleiche passiert war. Sonst hätte sie vermutlich doch noch die Kontrolle über die in ihr schlummernde Panik verloren.

Das schwankende Boot setzte sich wieder nach unten in Bewegung und erreichte die nächste Fensterreihe, doch im nächsten Moment hörte Angie selbst auf die Entfernung ein Quietschen – was bedeuten musste, dass es in der Nähe des Kreuzfahrtschiffs sehr laut gewesen sein musste. Allerdings war das Quietschen noch nichts im Vergleich mit dem Krachen, als eines der Sicherungsseile ein Stück nachgab und die linke Seite des baumelnden Rettungsboots gegen das Schiff prallte.

„Oh nein", murmelte Julia, begleitet von einem Echo aus Keuchen und Schreien ihrer Mitreisenden.

Angie hatte das Gefühl, keine Luft mehr zu bekommen. Für einen kurzen Augenblick wagte sie es, die Augen zu schließen und ein schnelles Gebet zu sprechen. Mit wieder geöffneten Augen konzentrierte sie sich erneut auf das Rettungsboot. Man musste kein Ingenieur sein, um sich vorzustellen, wie holprig Devs Landung auf dem Wasser werden würde. „Na komm schon, gleich ist es geschafft. Nur noch ein kleines Stückchen."

Irgendwie schien sich das Boot noch langsamer abzusenken als zuvor. Für den Moment schien sich keiner der Passagiere an Bord ihres Rettungsbootes noch Sorgen um die eigene Sicherheit zu machen, alle Blicke waren auf das baumelnde Rettungsboot gerichtet. Angie hörte Stimmen um sich herum, die leise Gebete murmelten oder ihrer Sorge Ausdruck verliehen. Sie spürte, wie sie vor Anspannung die Finger zur Faust ballte, während sie wartete.

Nur noch ein paar Meter – und dann erklang noch einmal das Geräusch, das sie nie wieder hatte hören wollen, als die Seile, an denen das Boot heruntergelassen wurde, erneut nachgaben, sodass es viel schneller, als es sollte, Richtung Wasseroberfläche raste und im aufgewühlten Meer landete.

Julias griff nach der Hand ihrer Tochter und schloss ihre Finger um deren geballte Faust. „Nur eine holprige Fahrt", sagte sie leise. „Alles wird gut."

„Höchstens ein paar Beulen und Prellungen", fügte Ray mit bemüht fester Stimme hinzu.

Alles, was Angie wollte, war, dass der Motor ansprang und das Boot nahe genug herankam, um Devs Beulen und Prellungen mit eigenen Augen sehen zu können.

Das Keuchen ihrer Mutter hallte in ihren Ohren

wider – Sekunden, bevor die Passagiere gleichzeitig anfingen zu reden und auf das Rettungsboot zeigten, das sich gefährlich zur Seite neigte.

„Was machen die?", rief jemand. „Verrückte Leute."

Eine andere Person murmelte: „Es muss Wasser ins Boot laufen."

Wie Ameisen, die ihrem Hügel entkommen wollten, strömten Menschen aus der Türöffnung, die leicht nach oben zeigte. Die Rücken an die leuchtend gelben Seitenwände gepresst, bewegten sich die Passagiere Zentimeter für Zentimeter auf dem winzigen Sims vorwärts.

„Meine Güte." Das musste ein Albtraum sein. So etwas passierte einfach nicht in der realen Welt.

„Seht!" Jemand zeigte zum Heck des Kreuzfahrtschiffes.

Aus der großen Klappe, durch die sie das Schiff im Hafen betreten hatten, schoss ein massives Gummiboot, das schon eher Angies Vorstellung von einem Rettungsboot entsprach, und steuerte das beschädigte Boot an. Zwar verspürte Angie ein wenig Erleichterung, die jedoch nicht ausreichte, als dass sie ihre Fäuste gelockert hätte. Rasch schaute sie wieder zu dem Rettungsboot mit Schlagseite und ließ suchend ihren Blick über die Menschen schweifen, die sich an der Außenseite entlangbewegten. Zuerst entdeckte sie keine Spur von Dev. Doch dann, endlich, sah sie seine Neonshorts aufblitzen und atmete erleichtert aus.

Oder doch nicht.

Eine Frau mit einem kleinen Kind an der Hand presste sich an die Außenwand des kleinen Bootes. Das Rettungsschiff war noch nicht nah genug herangekommen, um Hilfe zu leisten, als ein ohrenbetäubender Schrei die angespannte Stille um sie herum erschütterte. Das Kind war der Frau entglitten und in das aufgewühlte Wasser gefallen. Keine Sekunde später sah Angie, wie Dev die orangefarbene Schwimmweste abstreifte und hinter ihm her tauchte.

„Es wird alles gut", versicherte Ray. „Er ist ein guter Schwimmer. Auf dem College war er Rettungsschwimmer. Es wird alles gut. Du wirst sehen."

Angie war sich nicht sicher, ob er die Worte wiederholte, um sie oder vielleicht auch ein wenig sich selbst von ihnen zu überzeugen. „Das Wasser ist so aufgewühlt", sagte sie. Sekunden verstrichen, vielleicht sogar Minuten. Ihr Zeitgefühl verschmolz mit der Angst. Wo war Dev? Das sollte nicht so lange dauern. „Ich sehe sie nicht."

Angies Mutter drückte ihre Hand. „Hab ein bisschen Vertrauen."

Angie sprach ein weiteres stummes Gebet, als sie beobachtete, wie ein Besatzungsmitglied mit einem Sicherheitsseil um die Hüfte Dev nachsprang. „Er hätte auch ein Seil haben sollen."

„Dafür war keine Zeit", flüsterte ihre Mutter.

Und Ray wiederholte leise: „Er ist ein guter Schwimmer."

„Dort!" rief eine Stimme hinter ihnen, und Angie drehte den Kopf, um zu sehen, wohin die Frau deutete – im selben Moment, in dem die Passagiere ihres Bootes abermals in Applaus ausbrachen.

Und dann entdeckte Angie ihn ebenfalls, einen sandfarbenen Haarschopf, der einem der Besatzungsmitglieder des Schlauchboots das kleine Kind übergab. „Gott sei Dank."

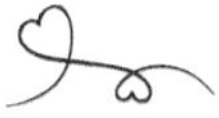

„Jetzt mal im Ernst." Kopfschüttelnd folgte Ray Miller seiner Verlobten. „Unser Kreuzfahrtschiff wäre beinahe untergegangen und mein Sohn fast ertrunken, und alles, woran du denken kannst, ist dieser Spielautomat?"

„Das ist nicht alles, woran ich denken kann. Das Feuer ist gelöscht, und das Schiff funktioniert so weit, dass es uns bis in den nächsten Hafen bringen kann. Alle Passagiere sind wieder sicher an Bord. Devon ist inzwischen getrocknet und damit beschäftigt, das Lob seiner Bewunderer entgegenzunehmen. Die Kreuzfahrtlinie ermöglicht es jedem Passagier, der das gerne möchte, nach Hause zu fliegen, oder bezahlt für die Dauer der Reise einen Aufenthalt in einem schönen Hotel. Und in jedem Fall wird allen Gästen eine weitere kostenlose Kreuzfahrt angeboten, weil sie diese verkürzen müssen. Du und ich haben bereits entschieden, was wir tun werden. Was gibt es also sonst zu tun, bis wir anlegen?"

Sie waren gerade um die Ecke gebogen, als Julia so abrupt stehen blieb, dass Ray beinahe mit ihr zusammenstieß. „Was ist los?"

Auf dem roten Vinylhocker vor dem Spielautomaten saß eine ältere Frau und warf Münzen in dieselbe Maschine, die Julia den ganzen Morgen gefüttert hatte. Dann zog sie am Hebel.

Gebannt sahen Julia und Ray zu, wie sich die Walzen drehten und schließlich eine nach der anderen stehen blieb. Aus der Entfernung war es unmöglich, das Ergebnis auszumachen, aber die Sirenen, die als Nächstes losschrillten, gefolgt vom Klirren der herabfallenden Münzen verrieten ihnen alles.

Julia seufzte. „Ich habe dir doch gesagt, dass der Jackpot in greifbarer Nähe ist."

„Es tut mir leid." Ray drückte ihre Hand.

„Schon okay. Ich hatte Spaß. Das ist es, was zählt." Sie drehte sich zu ihm um, lächelte und gab ihm einen Kuss auf die Wange. „Außerdem wette ich, dass die alte Dame niemanden hat, der ihr ansonsten einen

Scheck ausgestellt hätte."

Ray zog sie für einen für die Öffentlichkeit unangebrachten Kuss in seine Arme. „Ich liebe dich, Frau."

„Ich weiß. Und zu deinem Glück liebe ich dich noch mehr."

„Das bezweifle ich."

„Die Antwort müsste lauten, ich liebe dich am meisten." Dev blieb neben seinem Dad stehen.

Angie schüttelte den Kopf. „Misch dich bloß nicht ein, sonst stehen wir hier noch den ganzen Abend, um zuzuhören, wie die beiden sich mit ihrer Liebe zueinander zu übertrumpfen versuchen."

„Wir würden kein Ende finden", sagte Ray mit einem Lächeln.

Julia strahlte ihn an. „Nein, auf keinen Fall."

„Dachte ich mir doch, dass ich euch alle hier finden würde." Geri kam mit Ben im Schlepptau zu ihnen geeilt. „Was für ein aufregender Tag."

„Ich könnte etwas weniger Aufregung gebrauchen", bemerkte Dev mit einem Lachen.

„Du bist ein Held", sagte Geri mit etwas mehr Ehrerbietung im Ton.

„Danke", zog Ray sie auf, worauf Julia nur den Kopf schüttelte.

Dev schenkte seinem Vater ein Lächeln, bevor er an Geri gewandt sagte: „Ich habe nichts getan, was andere nicht auch tun würden."

„Mach dir nichts vor. Mutter Natur jagt selbst den Tapfersten unter uns die größte Angst ein. Das Meer war ziemlich rau. Ich weiß nicht, wie es euch geht, aber ich denke, jetzt wäre ein Drink angebracht." Geri wandte sich um und steuerte den Ausgang des Casinos an. „Der Letzte in der Champagnerbar ist ein faules Ei."

Ray und Julia folgten Ben und Geri, aber Angie blieb ein Stück zurück und zog Dev in eine kleine

Nische des Raums. „Wenn alle anderen Leute auf diesem Schiff genauso über dich denken wie Geri, ist dies vielleicht der privateste Moment, den wir in nächster Zeit haben werden."

Devs Magen krampfte sich zusammen, als er sich all die unangenehmen Dinge vorstellte, die sie als Nächstes sagen könnte, einschließlich der Tatsache, dass es keinen Sinn hatte, ihre Farce aufrechtzuerhalten. Und das, obwohl der rationale Teil von ihm dagegen ins Feld führte, dass eine Frau, die kein Interesse an ihm hatte, ihn nach seiner Rettungsaktion von eben garantiert nicht mit einer solch festen Umarmung und einem Kuss begrüßt hätte.

„Was liegt dir auf dem Herzen?"

„Das hier." Sie stellte sich auf die Zehenspitzen, schlang ihre Arme um seinen Nacken und küsste ihn ganz sanft. Dann lehnte sie sich ein kleines Stück zurück, um zu ihm aufsehen zu können. „Die letzten Tage waren schön."

Er nickte.

Sie fing seinen Blick auf. „Sehr schön. Das waren wahrscheinlich die glücklichsten Momente, die ich hatte, seit ich mich als Kind auf den Weihnachtsmorgen gefreut habe."

Er nickte erneut, ein Lächeln zupfte an seinen Mundwinkeln. Das klang ganz und gar nicht danach, als wollte sie ihm als Nächstes mitteilen, dass sie nichts mehr mit ihm zu tun haben wollte.

„Wahrscheinlich kenne ich dich besser als jeden anderen Mann, der mir je begegnet ist."

„Mir geht es mit dir genauso."

Sie legte ihre Finger auf seine Lippen. „Und ich liebe dich mehr als jeden anderen zuvor. Schon die ganze Zeit wollte ich nicht darüber nachdenken, wie es werden wird, in meine Welt, wie sie war, zurückzukehren, aber erst als ich diese schreckliche Angst hatte, dich tatsächlich für immer zu verlieren, habe ich begriffen, was meine Mutter gesagt hat. Wenn man die richtige Person für sich findet, ist das Leben zu kostbar, um Zeit zu verschwenden. Ich liebe dich, Devon Miller, und ich möchte herausfinden, wohin das zwischen uns führen kann, wenn wir es wirklich versuchen."

Er legte eine Hand an ihre Taille und zog sie enger an sich heran. „Dann ist es wohl ein Glück für uns, dass unsere Eltern Recht hatten, als sie meinten, wenn man es weiß, dann weiß man es eben – denn ich empfinde genauso. Ich liebe dich, Angela Cannon."

„Dann geben wir uns eine echte Chance?"

Er machte sich nicht die Mühe, mit Worten zu antworten, stattdessen beugte er sich vor und küsste sie ein weiteres Mal, bevor er sich zurücklehnte, um sie anzusehen. „Bereit?"

„Nach heute? Für alles. Ich kann jetzt schon sagen, das Leben mit dir wird ein höllisches Abenteuer!"

EPILOG

„**D**as sollte keine so schwere Entscheidung sein." Eine Hand in die Hüfte gestemmt, stand Pam in Angies Zimmer und wippte mit dem Fuß.

„Gönn der Frau mal eine Pause." Auf der Bettkante sitzend, blickte Michelle auf die geschlossene Badezimmertür.

„Es ist nicht so, als wäre das ihr Hochzeitskleid. Es ist nur eine kleine Familienfeier."

„Hört auf, so einen Aufstand zu machen." Angie schloss die Badezimmertür hinter sich. „Wie sieht das aus?"

„So schön wie die drei davor." Michelle lächelte.

Angie wandte sich dem Spiegel zu. „Vielleicht sollte ich das Gelbe noch mal anprobieren."

„Nein", Pam schüttelte den Kopf, „es spielt keine Rolle, was du trägst. Devon wird nur Augen für dich haben. Vertrau mir."

„Da muss ich Pam zustimmen. Egal für welches Kleid du dich entscheidest, du siehst fabelhaft aus."

Auf keinen Fall würde Angie ihren Freundinnen erzählen, dass sie die letzten zwei Tage damit verbracht hatte, sich zwischen Hose und Kleid zu entscheiden. Erst heute Morgen war sie schließlich zu dem Schluss gekommen, dass eine Party vor der Hochzeit nach einem Kleid verlangte. Es grenzte beinahe an ein Wunder, dass sie es geschafft hatte, ihre Auswahl auf nur drei Outfits zu beschränken, bevor Pam und Michelle bei ihr vorbeigekommen waren.

Als es an der Tür klingelte, zuckte Angie erschrocken zusammen. „Vielleicht sollte ich das Rosafarbene noch einmal anprobieren."

Pam und Michelle stellten sich rasch zu beiden Seiten von ihr auf.

„Du siehst wunderschön aus", versicherte Michelle.

Pam nickte zustimmend. „Das ist wahrscheinlich Devon. Lassen wir ihn nicht warten."

„Okay." Angie seufzte. So wie die Schmetterlinge in ihrem Bauch verrückt spielten, würde jeder denken, dass heute ihr Hochzeitstag war und nicht der Abend vor der großen Party. „Lasst uns gehen."

Von der untersten Treppenstufe aus konnte Angie die Ehemänner ihrer Freundinnen sehen, die sich mit Devon unterhielten, worauf die Schmetterlinge einen Salto nach dem anderen schlugen. Erst als er sich umdrehte und sie anlächelte, beruhigten sie sich endlich.

„Du siehst wunderschön aus", sagte Dev.

Hinter Angie murmelte Pam: „Siehst du", während Michelle flüsterte: „Ich habe es dir doch gesagt."

Angie begegnete seinem Blick. „Vielen Dank."

Dev streckte seine Hand aus. „Bereit?" Etwas an der Art, wie er sie ansah, sagte ihr, dass er nicht nur die Party am heutigen Abend meinte.

„Absolut", sie ließ ihre Hand in seine gleiten.

Sie waren gerade über die Schwelle auf die Veranda hinausgetreten, als Angie hörte, wie Pam leise hinter ihr sagte: „Sieht so aus, als sei das unser Stichwort, den beiden zu folgen. Der Letzte schließt die Tür ab."

Devon musste lachen. „Wir hätten wahrscheinlich warten und sie vorgehen lassen sollen."

„Vielleicht."

Er hob ihre Hand und zog sie näher an sich heran.

„Ich muss gestehen, dass ich es ziemlich eilig damit habe, den heutigen Abend hinter mich zu bringen, um dich morgen in der Kirche wiederzusehen.“

Während sie nebeneinanderhergingen, lehnte sie sich leicht an ihn und blickte zu ihm auf. „Mir geht es ganz genauso.“

„Habe ich dir jemals gesagt, wie sehr ich es liebe, wenn du dich an mich lehnst?“

Sie schüttelte den Kopf. Das hatte er ihr noch nie gesagt, aber die Tatsache, dass er sie stets auf irgendeine Weise zu berühren versuchte, ihr immer zugewandt war, sagte ihr mehr als Worte. „Gewöhn dich besser daran. Ich habe nämlich vor, mich noch sehr lange an dich anzulehnen.“

„Dann ist es wohl gut, dass ich vorhabe, noch viel länger an deiner Seite zu bleiben.“

„Ich finde, diese Familien- und Freundefeier ist die beste Idee aller Zeiten.“ Jo Ummarino holte eine weitere Flasche Champagner aus dem Kühlschrank. „Die heutige Gesellschaft ist Männern, die sich angeblich noch ein letztes Mal die Hörner abstoßen müssen, so was von entwachsen.“

„Das klingt so anzüglich.“ Ginnie, die mittlere Schwester, mischte den beliebten Salat ihrer Tante Maria in einer großen Schüssel.

„Sei nicht prüde.“ Mina stibitzte eine Olive von ihrer Schwester.

Angie, die bereits eine Flasche Champagner in jedem Arm hielt, schüttelte den Kopf über ihre Freundinnen. „Wie dem auch sei, ich finde unsere Idee statt eines Junggesellinnen- und eines Junggesellen-abschiedes viel besser.“

„Ich auch", stimmte Jo ihr zu. „Eine kleine Party vor dem großen Tag ist toll. Keine Ausschweifungen oder Reisekosten für ein Wochenende irgendwo. Nur Freunde und Familie von nah und fern, die sich vor dem großen Tag versammeln."

„Das ist schon seit Generationen Tradition in der Familie meiner Mom." Angie trat einen Schritt zurück. „Da Mom und Raymond das Entschädigungsangebot der Kreuzfahrtlinie genutzt haben, um ihre Flitterwochen in einem Strandhotel zu verbringen, waren Dev und ich die einzigen beiden Gäste bei der Hochzeit bei Sonnenuntergang. Diese Party soll also für uns alle sein."

Jo schüttelte den Kopf. „Ich verstehe nicht, warum du und Dev nicht in der Karibik geheiratet und euch auch die Flitterwochen habt bezahlen lassen."

„Wir haben darüber nachgedacht, aber dann entschieden, lieber mit unseren Freunden zu feiern und unsere Flitterwochen in Form einer kostenlosen Kreuzfahrt zu verbringen."

„Und zu deinem Glück", Mina lächelte strahlend, „hast du Freundinnen, die in nur drei Wochen ein Hochzeitswochenende mit fantastischem italienischem Essen organisieren können."

Ginnie blickte von der Salatschüssel auf. „Ja, und wenn wir nicht ohnehin hätten warten müssen, bis Ray und Julia nach Hause kommen, hätten wir es auch in zwei Wochen hinbekommen."

Jo reichte ihrer Schwester eine Flasche des hausgemachten Dressings ihrer Mutter und lächelte Angie an. „Es ist schön, dass Dev bei dir einzieht und wir dich dadurch nicht als Nachbarin verlieren."

„Das finde ich auch. Es machte aber auch einfach Sinn, da in meinem Haus Platz für zwei Büros und ein zusätzliches Badezimmer ist. Das Beste ist aber, dass das Haus auf der anderen Straßenseite zum Verkauf stand und Mom und Raymond es sich geschnappt haben.“

Ginnie zog etwas verwirrt die Nase kraus. „Ich dachte, ich hätte gehört, wie Dev erwähnt hat, dass die beiden sich was in Highland Park kaufen wollen.“

„Nein.“ Angie schüttelte den Kopf. „Das war die Idee seines Vaters. Mom wäre beinahe ausgeflippt, als er ihr den Vorschlag gemacht hat. Auch wenn es finanziell wohl kein Problem gewesen wäre. Es war genau das Gleiche wie mit dem Ring, den er ihr gekauft hat. Auch wenn Mom sehr gerührt über die Geste war, hat sie darauf bestanden, dass er viel zu groß ist. Sie ist wahnsinnig glücklich mit den zueinander passenden schlichten Eheringen, die sie gemeinsam in einem kleinen Geschäft auf der Insel, auf der sie geheiratet haben, ausgesucht haben.“

„Das überrascht mich nicht.“ Ginnie deckte den Salat mit Frischhaltefolie ab. „Deine Mutter kam mir schon immer unglaublich pragmatisch mit einer sentimentalen Ader vor; und sie scheint sich keinen Deut darum zu scheren, nach außen hin irgendetwas vorzeigen zu müssen.“

Mina legte vier große Laibe italienisches Brot auf den Tisch. „Ich schätze, das bedeutet, dass Pams Mann ab sofort nicht mehr deine Weihnachtsbeleuchtung aufhängen muss.“

Angie sah ihre Freundin an. „Ich denke nicht. Darüber habe ich noch gar nicht nachgedacht. Ich muss Gil unbedingt wissen lassen, dass er aus dem Schneider ist.“

„Ich habe das Gefühl, dass er das schon herausgefunden hat.“ Mina zog ein großes Brotmesser aus einer Schublade. „Und du brauchst den Familienrabatt von Onkel Tony nicht mehr. Dev kann wahrscheinlich alle kleineren Haushaltsreparaturen übernehmen.“

Angie hob eine Hand und verkniff sich ein Lächeln. „Mit der Behauptung wäre ich vorsichtig. Ich weiß, dass Dev in vielen Dingen gut ist, und Weihnachtsbeleuchtung ist eine Sache. Sanitärreparaturen sind allerdings eine ganz andere. Ich denke, ich werde meine Ehrenmitgliedschaftskarte vorerst behalten.“

Alle Frauen lachten. Mina freute sich sehr, Angie als Nachbarin zu behalten, zumal sie sich auch alle gut mit Dev verstanden. Und vielleicht könnte Mina eines Tages Tante für ein paar Kinder spielen.

Mit weiteren Lebensmitteln beladen, schloss Minas Mutter die Kellertür hinter sich. „Und was macht die Braut in meiner Küche?“

Mina schüttelte den Kopf und seufzte. „Das ist *meine* Küche, Mom.“

„Morgen ist es deine Küche. Heute gehört sie mir und deiner Tante Regina, und hier ist kein Platz für eine Brautparty.“ Mit diesen Worten scheuchte Mama Ummarino die jungen Frauen durch die Hintertür hinaus.

Angie blieb kurz stehen, um der energischen Frau einen Kuss auf die Wange zu geben. „Danke, Mama.“

Die warmherzige Frau, die eine Art Mutter für alle jungen Frauen und Mädchen in der Nachbarschaft war, lächelte und errötete. „Gern geschehen. Und jetzt geh. Und irgendwer muss Cousine Rosa Bescheid sagen, dass bei ihrer Lasagne der Timer abgelaufen ist.“

Mit Champagnerflaschen in der Hand trat Angie auf die hintere Veranda und sah sich um. „Ich kann immer noch nicht glauben, dass das alles passiert. Vor etwas mehr als einem Monat habe ich mir Gedanken über kaputte Boiler gemacht und Geld gespart, um den nächsten Notfall finanziell stemmen zu können, und jetzt heirate ich den perfekten Mann.“

„Der perfekte Mann für dich, ja“, korrigierte Mina. „Devon ist nett, aber sein Name lässt sich nicht ins

Italienische übersetzen. Meine Familie würde mir das nie verzeihen."

Die drei Schwestern brachen in Gelächter aus.

„Da bist du ja." Mit Bewunderung in den Augen begrüßte Dev Angie am Fuß der Verandatreppe mit einem süßen Kuss. „Ich dachte schon, du hättest deine Meinung geändert."

Die zukünftige Braut lächelte zu ihm hoch und schüttelte den Kopf. „Keine Chance."

Dev schlang einen Arm um Angies Taille und zog sie an sich; der Anblick, den sie so aneinanderge-schmiegt boten, war einer, an den sich alle schnell gewöhnt hatten, seit Angie von ihrer Reise mit einem Verlobten nach Hause gekommen war.

Die beiden gingen zu der provisorischen Bar, um die Champagnerflaschen abzuliefern.

„Es ist mir egal, dass er keinen italienischen Namen hat. Wenn mich jemals jemand die ganze Zeit so ansehen würde, könnte er grün im Gesicht sein und eine Adresse auf dem Mars haben, und es wäre mir egal", sagte Jo und lehnte sich ans Geländer der Veranda.

„Ich weiß, was du meinst." Aus Minas Sicht hatte Angie alles, was man sich nur wünschen konnte: eine Karriere, ein Zuhause und den perfekten Mann. Minas Mutter wäre über Leichen gegangen, um das Gleiche über ihre Töchter behaupten zu können. Ja, sie hatten ein Zuhause, obwohl sie es sich zu dritt teilten; und ja, sie hatten alle gute Jobs; aber für eine italienische Mutter war der perfekte Mann das Wichtigste.

Normalerweise war Mina der perfekte Mann egal. Sie hatte ein gutes Leben und war glücklich. Doch dann gab es Tage wie den heutigen. Angie und Devon sahen so verdammt glücklich aus. Mina wartete beinahe darauf, dass sie sich umdrehen und Hand in Hand zwei Meter über dem Boden schweben würden. In dem

Moment, in dem das verlobte Paar in Minas Wohnzimmer getreten war, hatte sie gewusst, dass dies kein gewöhnlicher Mann war. Nicht nur dass Angie von einem Ohr bis zum anderen gestrahlt hatte und die beiden Händchen gehalten hatten wie ein verliebtes Teenager-Paar, bei jedem Worte, das aus Angies Mund kam, sah Devon sie mit solcher Hingabe im Blick an, dass Mina sich an einen Hund erinnert fühlte, der sehnsüchtig vom Wohnzimmerfenster seinem Herrchen oder Frauchen entgegenblickt. Reine, bedingungslose Liebe.

Jo stellte sich neben ihre Schwester. „Das macht sie oft, nicht wahr?"

„Wer macht was?"

„Angie. Sie lehnt sich an ihn. Nicht auf so eine Ich-falle-gleich-hilf-mir-Weise, sondern auf eine, die zeigt, dass sie und Dev immer im Einklang miteinander sind. Mir gefällt die tiefergehende Bedeutung dahinter."

„Sich an jemanden zu lehnen, hat eine tiefergehende Bedeutung?"

„Ja. Jedes Mal, wenn sie das macht, streichelt er ihren Arm. Als würden sich die beiden versichern, dass sie immer füreinander da sind. Sich stets gegenseitig den Rücken stärken werden. Irgendwie romantisch."

Mina warf einen Blick auf die beiden, die den Rasen überquert hatten, um sich mit Pam und Michelle, die ihnen das Haus verkauft hatte, und ihren beiden Ehemännern zu unterhalten. Mina fand es schön, dass Angie und Michelle, obwohl Letztere nach Kalifornien gezogen war, geheiratet und ein Kind bekommen hatte, noch immer enge Freundinnen waren. Die drei Frauen schienen so unterschiedlich zu sein, und doch konnte jeder, der sie beim Lachen und Plaudern beobachtete, erkennen, dass sie eine ganz besondere Freundschaft miteinander hatten.

„Hat Michelle ihren Mann nicht auch auf einer

Kreuzfahrt kennengelernt?"

Mina nickte.

„Wir sollten eine buchen."

„Was?" Mina drehte sich erstaunt zu ihrer jüngsten Schwester um.

„Alle drei Männer, die dort drüben stehen, sind absolut hin und weg von ihren Frauen. Und Angies Freundinnen sind bereits seit Jahren verheiratet. Ich möchte auch so einen."

Mina zuckte mit den Schultern. „Männer können schwierig sein."

„Das Gleiche sagen sie über uns." Jo ließ den Blick über die Gästeschar auf dem Rasen schweifen. „Du weißt schon, Mars und Venus."

Als jemand Musik anmachte, begannen sich Dev und Angie im Rhythmus der Melodie zu bewegen, und ein paar Minuten später schlossen sich ihre Freunde an, bis zum Ende des Liedes fast alle Gäste tanzten.

Das wäre etwas, womit sie sich anfreunden könnte, dachte Mina, jemanden zum Tanzen zu haben. Ihr Vater war ein wunderbarer Tänzer, der seinen Töchtern schon früh die Standardtänze beigebracht hatte. Nur schade, dass die meisten Männer, die sie in ihrem Leben bisher kennengelernt hatte, offensichtlich keinen so guten Lehrer gehabt hatten.

Die Fliegengittertür schlug hinter Mina zu, und ihre Mutter trat mit einem großen Brotkorb unter jedem Arm auf die Veranda hinaus. „Wo ist deine Cousine Rosa?"

„Ups." Jo beeilte sich, die Verandastufen runterzuspringen, um sich auf die Suche nach ihr zu machen.

Minas Mutter schüttelte den Kopf. „Wie kann ein so kluges Mädchen bloß so vergesslich sein?"

„Ich helfe dir." Mina griff nach einem der Körbe mit Brot.

„Das Essen ist fast fertig. Wir können mit dem

Aufbau der Tische beginnen. Ist alles bereit?" Ihre Mutter sah sich im Garten um und lächelte. „Eine nette Party für ein nettes Mädchen."

„Ja", stimmte Mina ihr zu.

„Das zwischen den beiden ist für die Ewigkeit." Ihre Mutter deutete mit dem Kinn in Angies Richtung. Sie und Dev zeigten gerade einer Handvoll Leuten, wie man den Two Step macht.

„Ich glaube auch."

„Dein Cousin Giovanni hätte nicht gut zu ihr gepasst. Er ist nicht bereit für eine nette Frau. Noch nicht."

„Ich bin mir nicht sicher, ob er das jemals sein wird."

„Natürlich wird er das." Ihre Mutter drehte sich um und streichelte ihrer Tochter die Wange. „Und wenn die Zeit reif ist, wird ein guter Mann wie Angies Devon daherkommen und dich für immer schätzen."

„Ich suche keinen Mann, Mama."

„Ich weiß." Ihre Mutter grinste, drehte sich auf dem Absatz um und griff nach der Fliegengittertür. „Aber Angie hat auch keinen gesucht."

Mina sah noch einmal zu den beiden Verlobten hinüber, die nach wie vor Arm in Arm tanzten. Sie war sich nicht sicher, ob sie auch nur annähernd bereit war, für immer von jemandem geschätzt zu werden, aber es würde ihr ganz sicher nichts ausmachen, mit jemandem zu tanzen.

EXCERPT:

FLITTERWOCHEN ZU FÜNFT

„Ich liebe den Duft des Frühlings." Mina Ummarino stand auf der hinteren Veranda ihrer Nachbarin und schnupperte in die Luft wie ein Hund, dem der Geruch eines brutzelnden Steaks in die Nase gestiegen war.

„Duft?" Jo, ihre jüngere und technisch versiertere Schwester, verzog das Gesicht und schüttelte den Kopf. „Das Einzige, was wir hier draußen riechen können, sind die Abgase der MacArthur Avenue."

„Ihr seid ja bester Laune", zog Melody Harwood die Schwestern auf. „Meinetwegen könnt ihr darüber streiten, ob die Luft nach Regen oder Blumen oder Katzenstreu riecht. Noch fünf Tage und Shane und ich werden uns unter dem herrlichen karibischen Himmel sonnen."

„Oh." Jo wirbelte herum und ließ sich in den Schaukelstuhl fallen. „Seit meine Schwestern und ich das Haus neben Angie gekauft und all die tollen Geschichten gehört haben, steht eine Kreuzfahrt ganz oben auf meiner Wunschliste. Die klingen nach sehr viel Spaß. Ich hoffe nur, dass ich nicht bis zu meinen Flitterwochen warten muss, um eine zu unternehmen."

Mina nickte. Sie hatte die gleiche Hoffnung.

Unabhängig von ihren festen Absichten, gemeinsam mit ein paar Freunden einen Urlaub am Meer zu verbringen wie ihre Freundin und Nachbarin Angie, hatte das Leben in der Regel seine Art, immer andere Pläne zu schmieden. Die Tage verstrichen viel zu schnell. Pflichten und Verantwortlichkeiten und natürlich die Familie standen stets an erster Stelle. Spontaneität war für sie ein Fremdwort. Sie würde sich wirklich mehr anstrengen müssen, wenn sie einen Freundinnen-Urlaub durchziehen wollte.

„Das Einzige, was unsere Hochzeitsreise noch besser gemacht hätte, wäre gewesen, wenn wir sie gleich nach der Hochzeit hätten machen können statt erst ein Jahr später, aber es wird trotzdem unglaublich toll." Melody reichte Mina eine Diet Coke und kicherte. „Wenigstens hab ich fertig gepackt und bin startklar."

„Da du es gerade erwähnst." Shane Harwood, ein großer Mann in Militärkleidung, trat durch die Tür zur Küche auf die Veranda.

Melody drehte sich um und warf ihrem Mann ein kitschiges Grinsen zu, das alle Schwestern auf der Veranda zum Lächeln brachte. Es war wirklich schön, der Liebe zuzuschauen.

In dem Moment, in dem Melody dem Blick ihres Mannes begegnete, verschwand das süße Grinsen jedoch. „Was ist los?"

„Einzugsbefehl."

„Ein einziges Wort, und schon gefällt mir der Klang nicht."

Shane stieß einen Seufzer aus und zog seine Frau an sich. „Alle Urlaube sind gecancelt. Wir laufen so bald wie möglich aus. Ich muss mir meine Tasche schnappen und mich bei der Basis melden."

„Aber …" Sie legte den Kopf in den Nacken und sah ihm in die stahlgrauen Augen. „Die Reise."

Er nickte. „Ich kann nichts daran ändern. Wenn nicht alle verrückten Anführer auf dieser Welt plötzlich gesunden Menschenverstand entwickeln, passieren solche Dinge."

Die Lippen fest zusammengepresst, nickte Melody kaum merklich. Jeder auf der Veranda konnte sehen, wie sie mit den Tränen kämpfte. „Ich weiß. Es wird ein anderes Mal geben."

„Zu diesem späten Zeitpunkt bekommen wir nichts von den Reisekosten erstattet, wenn wir stornieren. Du solltest trotzdem fahren, mit einer Freundin."

Melody löste sich abrupt aus seinen Armen. „Ich will die Reise nicht ohne dich machen."

„Ich weiß." Er zog sie wieder an sich. „Aber zumindest einer von uns beiden sollte sich eine schöne Zeit machen."

„Das kann ich nicht." Den Kopf an seiner Schulter vergraben schüttelte sie ihn bestimmt von links und nach rechts. „Ich werde unsere Traumreise auf keinen Fall ohne dich antreten."

Seine Finger zeichneten beiläufig Kreise auf ihren Rücken, als er sich vorbeugte, um ihr einen Kuss auf die Haare zu geben. „Ich weiß, mein Schatz. Es tut mir wirklich leid. Wir werden ein anderes Mal zusammen verreisen. Das verspreche ich dir."

Er senkte seinen Kopf, und seine Lippen trafen für einen zärtlichen Kuss auf ihre. Ein Kuss, der für Minas Geschmack etwas zu intensiv wurde, sodass sie und ihre Schwestern auf einmal großes Interesse an Melodys Blumenbeeten entwickelten.

„Ich liebe dich." Er zog sich Zentimeter für Zentimeter von ihr zurück, küsste sie auf die Stirn und machte dann einen langen Schritt nach hinten, um den Rückzug anzutreten.

„Ich liebe dich mehr." Melodys Hände fielen an ihre Seiten, ihre Augen glänzten noch immer von zurückgehaltenen Tränen.

„Meine Tasche steht im Eingang. Ich melde mich, sobald ich kann."

Melody nickte, und die vier sahen zu, wie er ins Haus und den Flur hinunterging, sich seine Tasche schnappte und zur Vordertür hinaustrat.

„Das war's also."

Zum ersten Mal verstand Mina was die Redewendung bedeutete, dass jemand aussah wie ein Welpe, den man getreten hatte. Melody war im Bruchteil einer Sekunde von Wolke sieben in den Keller gestürzt. „Ich denke, das schreit nach einem Ummarino-Familien-Abendessen."

„Bei aller Liebe", Ginnie schüttelte den Kopf, „sie braucht unsere Familie gerade ungefähr so sehr wie ein Loch im Kopf."

„Nicht die eigentliche Familie." Manchmal fragte sich Mina, wie ihre Schwester alles immer so unglaublich wörtlich nehmen konnte. „Nur das Essen. Nichts tröstet die Seele wie frischer Mozzarella auf einer hausgemachten Lasagne, geröstetes Knoblauchbrot und Mamas Cannolis."

„Sie hat recht." Jo lächelte. „Ich glaube, ich habe auch noch ein paar von Moms Pizzelle im Gefrierschrank."

„Dann haben wir also einen Plan." Mina stand auf. „Ich gehe in Moms Küche und stibitze was von ihrer Soße. Und für alle Fälle besorge ich auf dem Heimweg noch Pekannuss-Eis."

„Das ist nicht nötig." Ginnie schüttelte erneut den Kopf. „In der Tiefkühltruhe in der Garage sind mindestens zwei Liter Pekannuss-Eis."

Jo sah ihre Schwester stirnrunzelnd an. „Das hast du uns bisher vorenthalten. Wo genau in der Tiefkühltruhe?"

Grinsend wie eine Katze mit einem Bauch voller

Sahne, zuckte Ginnie mit den Schultern, als sie das Baby der Familie ansah. „Hinter dem Spinat."

„Ich weiß nicht." Melody lehnte sich über das Geländer der Veranda. „Vielleicht kuschle ich mich einfach mit einem schnöden Buch ins Bett – am besten bis Shane nach Hause kommt."

„Unsinn." Mina ging zu ihrer Nachbarin und stellte sich neben sie. „Ich rufe Angie an. Wir machen uns einen schönen langen Mädelsabend, und vorsichtshalber bringe ich Papas Chianti mit."

Zwei Stunden und eine Flasche Wein später lächelten die fünf Frauen, kicherten und aßen frisch gebackene Lasagne.

„Die Idee von deinem Mann", sagte Angie nach einer Weile, „war gar nicht so schlecht. Als meine Freundin, der früher Minas Haus gehört hat, von ihrem Verlobten verlassen worden ist, ist sie auch allein auf Reisen gegangen. Und sie hatte eine tolle Zeit."

Ginnie kicherte. „Deinen Geschichten nach zu urteilen hat jeder, der auf eine Kreuzfahrt geht, eine tolle Zeit."

„Ich auf jeden Fall." Angie lächelte.

„War das nicht die Hochzeits-Kreuzfahrt, auf der deine Freundin ihren Mann kennengelernt hat?", fragte Jo.

Angie nickte. „Genau die."

„Ich brauche keinen Ehemann." Melody zupfte ein Stück warmes Knoblauchbrot auseinander und biss genüsslich hinein, dann hob sie einen Finger und schluckte schnell. „Aber zwei von euch sollten mitfahren."

„Zwei von welchen?" Ginnie griff nach ihrem Wein.

„Von euch." Melody schloss mit einer Geste die Frauen am Tisch ein. „Ihr lost es einfach aus oder so."

„Ich nicht." Angie schüttelte den Kopf. „Devon

und ich haben schon Pläne, und die beinhalten nicht, dass wir in letzter Minute eine Woche Urlaub nehmen.“

„Was ist mit euch dreien?“ Melody sah fast so aufgeregt aus, wie sie es gewesen war, bevor ihr Mann ihr die schlechte Nachricht überbracht hatte.

Minas erster Impuls war, mit *auf keinen Fall* zu antworten. Schließlich gab es Arbeit und Dinge zu tun und all diese lästigen kleinen Verpflichtungen, von denen das Fehlen beim Sonntagsessen bei ihrer Mutter zu Hause ganz oben auf der Liste stand. Oder etwa nicht? Sie musste tatsächlich innehalten und einen Moment darüber nachdenken. Sie hatte so lange keinen Urlaub mehr genommen, dass sie genügend freie Tage angesammelt hatte, um mehrere Kreuzfahrten hintereinander unternehmen zu können. Und wie schrecklich wäre es, ihrem Vokabular das Wort Spontaneität hinzuzufügen?

Sie deutete mit dem Kopf auf ihre beiden Schwestern. „Vielleicht …“

„Wirklich?“ Ginnie blieb vor Erstaunen der Mund offen stehen, kaum dass ihr das Wort über die Lippen gekommen war. „Genau das Gleiche habe ich auch gerade gedacht, aber ich wäre niemals davon ausgegangen, dass du dazu bereit wärst. Also einfach so spontan deine Pläne umzuschmeißen.“

„Vielleicht ist es an der Zeit, dass ich etwas weniger plane und einfach ein bisschen mehr mache.“ Die aktuelle Situation ließ in Mina die Frage aufkeimen, was sie alles verpasst hatte, indem sie das Ungeplante immer aufgeschoben hatte.

Ein Lächeln umspielte Ginnies Mundwinkel. „Könnte Spaß machen.“

„Moment mal.“ Jo hob eine Hand. „Warum solltet nur ihr beide Spaß haben? Ich hab noch einen Haufen Urlaubstage übrig.“

„Weil wir älter sind.“ Mina warf ihrer kleinen

Schwester – die schon sehr lange kein Kind mehr war – ein breites Grinsen zu. Sie liefen ihr seit dem Tag ihrer Geburt den Rang ab.

Mina hatte keine Ahnung, warum ihr Magen nicht rebellierte. Sie hatte noch nie wirklich spontan etwas unternommen, schon gar nicht so etwas Großes wie eine Reise, aber die ganze Idee dahinter war schließlich, etwas Neues auszuprobieren.

„Der Spruch von wegen Alter vor Schönheit nutzt sich langsam ab", bemerkte Jo mit einem breiten Grinsen, offensichtlich stolz auf sich selbst angesichts der kleinen Wendung in dem uralten Tanz, den die drei Schwestern seit jeher vollführten.

„Bevor ihr anfangt, Strohhalme zu ziehen", Angie wedelte mit den Händen, um die Aufmerksamkeit der anderen auf sich zu ziehen, „in vielen der Kabinen gibt es die Möglichkeit, Zustellbetten für Familien hinzuzubuchen. Ruft doch einfach mal dort an und fragt, ob es möglich wäre, eine weitere Person in der Kabine unterzubringen."

„Wissen wir, ob es zu diesem Zeitpunkt überhaupt noch die Möglichkeit gibt, die Namen der Passagiere zu ändern?" In Gedanken packte Mina bereits ihre Koffer und träumte davon, an einem warmen Strand zu faulenzen. Sie fände es sehr schade, wenn das nicht klappen würde.

„Das ist kein Problem", meldete sich Angie zu Wort. „Damit kenne ich mich aus – die Kreuzfahrtschiffe brauchen nicht mehr als vierundzwanzig Stunden Vorlauf, um die Passagierliste anzupassen."

Mina sah erst Ginnie und dann Jo an, bevor sie leise fragte, ob sie tatsächlich zusammen in den Urlaub fahren würden.

Die beiden Schwestern warfen sich einen verstohlenen Seitenblick zu, lächelten und wandten sich dann wieder Mina zu. „Ich schätze, wir machen eine Kreuzfahrt!"

„Hey, Kumpel, ich wollte dich gerade anrufen. Du wärst stolz auf mich." Kent Harwood war gerade von einem Kampf gegen die Bemühungen seiner Chefs zurückgekommen, ihn in den neuesten Ärger auf der Arbeit mit reinzuziehen. Er hatte ihnen rechtzeitig Bescheid gegeben, dass er sich ein paar Tage Urlaub zum Hundesitten für das Rudel seines Bruders nehmen würde, während Shane und seine Frau auf ihrer lang ersehnten Kreuzfahrt waren. Jemand anderes konnte einspringen und das Projekt in Ordnung bringen. Er freute sich tatsächlich sehr auf seine kleine fünftägige Auszeit in einem Haus mit Garten ohne herumtrampelnde Nachbarn im Obergeschoss, dröhnende Stereoanlagen von Teenagern nebenan und unvorhersehbare Probleme im Job. „Ich habe mich bei der Arbeit gewehrt und werde übermorgen zu euch runterfahren, um für deine Hunde den lieben Onkel Kent zu spielen."

„Gut, dass du es ansprichst …"

Oh nein, der Ton gefiel ihm gar nicht. Im Laufe der Jahre hatte Kent gelernt, die Laune seines Bruder anhand des Ausdrucks in seinen Augen oder seines Tonfalls herauszufinden. Und seine Stimme schrie regelrecht „schlechte Nachrichten".

„Was ist los?"

„Ich muss zur Basis. Ich kann die Kreuzfahrt mit Melody nicht machen."

„Oh Mann." Die beiden hatten sich so lange auf diese Reise gefreut, dass es Kent schrecklich leidtat. „Wie bald?"

„Sehr bald. Sofort."

Eine Sache, die Kent über die Militärkarriere seines Bruders gelernt hatte, war, dass fast alles vertraulich war – und dass die Familie nur selten in dieses Vertrauen mit einbezogen werden durfte.

„Und was jetzt?"

„Ich bin schon auf dem Weg zur Basis."

„Weiß Melody Bescheid?"

„Alter, sie ist meine Frau. Natürlich habe ich es ihr zuerst gesagt. Und persönlich."

„Sorry." Selbst nach fast einem Jahr neigte Kent noch immer dazu zu vergessen, dass sein Bruder jetzt die Hälfte eines Ganzen war. Sie waren beide lange Junggesellen gewesen, bis Shane Melody kennengelernt hatte. Die beiden waren schnell zu einer solchen Einheit geworden, dass sie sich innerhalb kürzester Zeit verlobt hatten und sechs Monate später vor den Traualter getreten waren. Nach der Hochzeit hatten sie sich vorerst mit einem langen Flitter-Wochenende in einem lokalen Resort zufriedengeben müssen, aber sich auf die bevorstehende Reise zum ersten Jahrestag freuen können. Das war wirklich eine beschissene Wendung der Dinge.

„Wie kann ich helfen?" Nicht, dass Kent wirklich damit rechnete, von großem Nutzen zu sein, aber wenn sein Bruder oder seine Schwägerin ihn für irgendetwas brauchten, stand er bereit.

„Was hältst du von einer Kreuzfahrt?"

„Sag das noch mal." Er musste sich verhört haben. Es machte ihm nichts aus einzuspringen, wann immer Not am Mann war, aber seine Schwägerin auf eine Kreuzfahrt zu begleiten, hatte er als Option nicht auf dem Radar gehabt.

„Ich habe Melody gesagt, dass sie eine Freundin mitnehmen soll, aber ohne mich möchte sie nicht fahren."

„Wofür ich ihr ehrlich gesagt keinen Vorwurf machen kann."

„Die Kabine ist bezahlt, jemand sollte sie nutzen.

Du hast sowieso schon eine Woche Urlaub eingereicht, und wir brauchen keinen Hundesitter mehr."

„Ich weiß nicht." Er hatte eine Woche frei, und diese in der Karibik zu verbringen, wäre sicherlich die ultimative Auszeit, aber … „Kann ich denn einfach eure Kabine übernehmen? Ich meine, das ist immerhin nicht nur eine Tischreservierung in einem Restaurant."

„Ja. Es ist sogar überraschend einfach. Bevor ich mit Melody geredet habe, habe ich mich erkundigt, ob es möglich wäre, dass jemand anderes an meiner beziehungsweise unserer Stelle mitfährt."

Was bedeutete, dass er, wenn er seinem Bruder nicht die gesamten Reisekosten allein erstatten wollte, eine Urlaubsbegleitung finden musste, und zwar ziemlich schnell.

„Wie lange hab ich Zeit, es mir zu überlegen?"

„Zwei Tage. Danach beginnt die 24-Stunden-Frist, ab dann können wir die Tickets nicht mehr umbuchen. Und so kurzfristig finde ich auch niemand anderen, der eventuell Lust hätte, an unserer Stelle mitzufahren."

Sein Bruder hatte recht. Die Zeit drängte, und solange es WLAN auf dem Schiff gab, sollte er in der Lage sein, einen Freund zu überreden, sich ihm anzuschließen.

„Okay. Ich fahre mit."

„Großartig. Damit nimmst du uns eine große Last ab. Ich schicke dir möglichst schnell alle Reservierungsinformationen zu. Ich bin fast an der Basis."

Ein Satz, der Kent beinahe dazu brachte, etwas Dummes wie „Pass auf dich auf" oder „Halt den Kopf gesenkt" zu sagen, aber nach all den Jahren hatte er gelernt, seine Sorgen für sich zu behalten. „Okay, um alles Weitere kümmere ich mich dann selbst. Und ich werde auch dafür sorgen, dass deine Frau weiß, dass sie auf mich zählen kann, falls sie etwas braucht, während du weg bist."

„Danke, Mann. Ich hasse es, dass ich sie so kurzfristig allein lassen muss, aber es ist, wie es ist. Hoffentlich wird der Auftrag nicht lange dauern und ich bin schneller wieder zu Hause als gedacht.“

„Amen.“ Das dachte Kent jedes Mal, wenn sein Bruder an einem Hot Spot eingesetzt wurde – was er glücklicherweise nie mit Sicherheit wusste, bis Shane zurückkehrte. Aber er hoffte, dass es dieses Mal genau wie alle anderen Male laufen würde und sein Bruder bald gesund und munter nach Hause kam.

„Ich bin da, muss jetzt Schluss machen. Ich rufe an, wenn ich kann. Danke. Für alles.“

„Jederzeit, Kumpel. Jederzeit.“ Schon ihr ganzes Leben lang standen sie füreinander ein, gaben aufeinander Acht. Das war auch dieses Mal nicht anders.

Kent tippte die Nummer seines besten Freundes und Kollegen ein und wartete darauf, dass sein Anruf entgegengenommen wurde.

„Hey, Mann. Was gibt's?“

„Was hältst du von Sonnenschein, Sonnenschein und noch mehr Sonnenschein?“

„Sag das noch mal.“

„Karibik, Sand und Meer. Was meinst du?“

„Hast du heute zum Mittagessen einen Drink gehabt?“ Jim war ein kluger Kerl, aber manchmal stand er einfach ein wenig auf dem Schlauch.

„Nein. Shane musste seine Kreuzfahrt absagen. Deswegen bin ich jetzt der glückliche Tourist, der auf der Suche nach einem Reisepartner ist.“

„Bin dabei.“

„Willst du nicht erst mal wissen, wohin es genau geht? Oder wie lange?“

„Nö.“ Kent konnte fast hören, wie sein Freund den Kopf schüttelte. „Alles, was nicht hier ist, passt für mich. Und nach der Woche, die wir hinter uns haben: je länger, desto besser. Wann geht's los?"

„Samstag."

„Diesen Samstag?"

„Ja. Schaffst du das nicht?"

„Machst du Witze? Hier ist es mir viel zu kalt. Ich bin dabei."

„Großartig. Ich melde mich später wieder, wenn ich alle Details geklärt habe. Oh, und schick mir deine Passnummer. Die werde ich brauchen, um die Reservierungen umzubuchen."

„Mach ich gleich."

„Perfekt. Ich spüre die Sonne schon auf meinem Rücken brennen."

Jim lachte. „Vergiss nur nicht, dich umzudrehen."

Er würde sich an viele Dinge erinnern müssen, aber im Moment war nichts wichtig außer dieser Sache. Er würde Urlaub machen. Einen richtigen Urlaub zum Abschalten und Entspannen. Und wenn es so gut lief, wie er erwartete, würde er vielleicht alle Brücken hier abbrechen und nie wieder zurückkommen.

ÜBER CHRIS KENISTON

Chris Keniston ist Autorin von vierzig zeitgenössischen Romanen und lebt mit ihrem Mann, zwei menschlichen Kindern und zwei Hundekindern in einem Vorort von Dallas. Obwohl sie beide Hunde gleichermaßen liebt, gibt sie zu, eine ganz besondere Bindung zu ihrem Deutschen Schäferhund aus dem Tierheim zu haben. Schließlich verdienen auch Hunde ein Happy End.

Auf www.chriskeniston.com erfahren Sie mehr über Chris Keniston und ihre Bücher.

Folgen Sie Chris Keniston auf Facebook unter dem Namen ChrisKenistonAuthor und auf Twitter unter dem Namen @ckenistonauthor.

MEHR BÜCHER

VON CHRIS KENISTON

Weitere Bücher der Flitterwochen Reihe:
Flitterwochen allein
Flitterwochen zu dritt
Flitterwochen zu viert
Flitterwochen zu fünft
Flitterwochen zu sechst